봉신연의 1

지은이 허중림
옮긴이 김장환

도서출판 신서원

역사여행 17 봉신연의 1

2008년 6월 20일 초판1쇄 인쇄
2008년 6월 25일 초판1쇄 발행

지은이 • 許仲琳
옮긴이 • 김장환
펴낸이 • 임성렬
펴낸곳 • 도서출판 신서원
　서울시 종로구 교남동 47-2 협신빌딩 209호
　전화 : 739-0222·3　팩스 : 739-0224
　등록번호 : 제300-1994-183호(1994.11.9)
　ISBN 978-89-7940-717-4

신서원은 부모의 서가에서 자녀의 책꽂이로
'대물림'할 수 있기를 바라며 책을 만들고 있습니다.
잘못된 책은 연락주세요.

책을 펴내면서

소설 『봉신연의封神演義』 전100회는 중국 고전소설에서 신마소설神魔小說로 분류되는 대표작 중의 하나로서, 『봉신전封神傳』, 『상주열국전전商周列國全傳』, 『비평전상무왕벌주외사봉신연의批評全像武王伐紂外史封神演義』, 『봉신방封神榜』, 『서주연의西周演義』 등으로도 불리고 있다.

이 책의 작자에 대해서는 크게 두 가지의 설이 있다.

첫째는 허중림許仲琳이라는 설로 이것은 현존하는 가장 오래된 판본이라 여겨지는 명나라 만력萬曆연간 각본(일본 內閣文庫 소장)의 '종산일수허중림편집鍾山逸叟許仲琳編輯'이라는 서명署名에 근거하고 있다. 이 설은 근거가 확실하여 노신魯迅의 『중국소설사략中國小說史略』을 비롯한 거의 모든 소설사와 문학사에서 따르고 있으며 현재 학계의 통설로 여겨지고 있다. 허중림(1566년 전후)은 호가 종산일수이며 명明 응천부應天府[지금의 강소성 남경] 사람으로 그밖에 행적은 알려지지 않고 있다.

둘째는 육서성陸西星이라는 설로 이것은 『곡해총목제요曲海總目提要』 권39의 '원시도사육장경소작元時道士陸長庚所作'

이라는 기록에 근거하고 있다. 여기에서 장경은 육서성의 자이며 원나라 때 사람이 아니라 사실은 명나라 때 사람이다. 이 설은 이를 뒷받침할 만한 별다른 증거가 없어서 받아들이기가 어렵다.

이 책은 주나라 무왕武王이 은천자 주왕紂王을 정벌하는 '무왕벌주武王伐紂'의 역사적 사실에 작자의 상상과 환상을 마음껏 발휘하여 장편의 장회소설로 창작해낸 것으로, 그 내용은 크게 다섯 부분으로 나누어 볼 수 있다.

제1회는 서막으로 맨 첫머리에 옛 시 한 수로 전체의 내용을 개괄하고 있다. 이어서 은천자가 여와궁女媧宮에 헌향하면서 시를 지어 신을 모독하자 신이 세 요괴에게 천자를 미혹시켜 주나라를 도우라고 명한다.

제2회부터 제30회까지는 은천자의 잔인무도한 폭정, 강자아姜子牙[姜太公]의 등장, 서백西伯 문왕文王이 화를 피하는 것, 황비호黃飛虎가 은나라를 배반한 것, 그리고 은나라와 주나라가 교전상태에 접어들었음을 묘사하고 있다.

제31회부터 제66회까지는 은나라가 36로路의 제후들을 불러모아 서주토벌에 나서자, 서주를 돕는 강자아가 이들과 맞서서 온갖 어려움을 이겨내고 결국에는 36로의 대군을 격퇴시킨다.

제67회부터 제97회까지는 주무왕이 군사를 일으키

고 8백 제후들과 연합하여 맹진孟津에서 회맹한 뒤 천자를 토벌하는데, 그 가운데 주나라를 돕는 선불의 천교闡教와 은나라를 돕는 신마의 절교截教가 각각 도술을 사용하여 격렬한 전투를 벌이다가 결국에는 절교가 패하고 만다. 또한 은나라 군민軍民이 등을 돌려 도성을 주나라 군대에 바침으로써 은천자는 분신자살하고 주무왕이 입성하여 은나라는 멸망한다. 전체내용 중에서 이 부분이 가장 흥미진진하고 환상의 극치를 보여주어 신마소설의 특성을 여실히 드러내고 있다.

마지막 3회는 전체의 종결로서 강자아가 죽은 장수들을 봉신하고 주무왕이 공신에 대한 보답으로 열국을 분봉分封함으로써 끝을 맺는다.

이러한 내용은 작자 허중림의 개인적인 창작으로만 이루어진 것은 결코 아니다. 물론 '무왕벌주'에 관한 전설이 당시 민간에 널리 퍼져 있긴 했지만 그 직접적인 연원은 송·원대宋元代에 나온 『무왕벌주평화武王伐紂平話』이다.

『무왕벌주평화』는 당시 주로 역사적인 사실에 흥미로운 고사를 가미하여 청중들에게 들려주던 전문적인 이야기꾼[說話人]의 저본 가운데 하나로서 상·중·하 3권 42회로 되어 있는데, 분량은 『봉신연의』의 10분의 1에 불과하지만 대조해 보면 『봉신연의』 내용의 기본골격이 이미 갖추어져 있다. 허중림은 바로 이를 바탕으로 자신의 상상력을 발휘하여 100회의 장편소설로 확대 개편한 것이다.

이 책에 등장하는 인물은 크게 4부류로 나눌 수 있다. 첫째는 천교闡教의 무리로 천명에 따라 주무왕을 도와 주나라 건국에 공을 세운 자들이다. 여기에는 교주인 원시천존元始天尊과 그 사형인 노자老子를 비롯하여 나타哪吒·양전楊戩·토행손土行孫 등이 속한다. 이들은 대부분 출가하여 득도한 신선의 무리이다.

둘째는 절교截教의 무리로 천명을 거역하고 은천자를 도와 천교와 대립하는 자들이다. 여기에는 교주인 통천교주通天教主를 비롯하여 수많은 요마들이 속한다. 이들은 한결같이 동물이나 사물의 정령이 오랜 수련을 쌓아 인간으로 변신한 무리이다.

셋째는 서방교西方教의 무리로 근본적으로는 천교를 돕지만 서방과 인연이 있는 자라면 천교나 절교를 가리지 않고 구제하여 서방정토로 데려간다. 여기에는 교주인 접인도인接引道人·준제도인準提道人 등이 속한다.

넷째는 인간계의 인물로 사실상 대부분 역사상 실존했던 자들이다. 여기에는 이 책의 실제적인 주인공이라 할 수 있는 강자아를 비롯하여 주문왕·주무왕·은천자·달기 등이 속한다.

한편 천교·절교·서방교라는 명칭은 사실상 정식 종교명칭은 아니다. 그 가운데 천교와 절교는 모두 홍균도인鴻鈞道人으로부터 갈라져 나왔으므로 원래는 같은 교파라 할 수 있다. 대부분의 학자는 『봉신연의』가 나온 명대 중엽은 도교와 불교가 흥성했던 시기이므로 작자가 의미하는 천교와 절교는 도교이고 서방교는 불교라고 여긴다. 그러나 최근에 일부학자는 역사적으로 볼 때 불교는 동한東漢 말년에 전래되었으므로 서방교를 불교라고 하는 것은 무리라고 반박하면서 이 세 교파는 모두 도교의 분파로서 이들의 투쟁은 곧 도교교파 내의 갈등을 의미하는 것이라고 주장하기도 한다.

이 책은 실로 중국 신마소설의 걸작이다. 책을 펼치면 우선 수백 명에 달하는 등장인물이 출몰하면서 각자 색다른 무기를 휘두르며 하늘과 땅에서 기상천외한 전투를 벌이는 데 놀라게 된다. 그 신기한 상상의 날개가 광활한 하늘을 끝없이 비상하고 그 기괴한 환상의 수레가 드넓은 대지를 종횡으로 치달림을 느낄 수 있다.

그 무기의 명칭만 보더라도 건곤권乾坤圈·혼천릉混天綾·타신편打神鞭·정해주定海珠·개천주開天珠·음양경陰陽鏡·번천인番天印·풍화륜風化輪·초요기招妖旗·육혼기戮魂旗·칠보

묘수七寶妙樹·구룡신화조九龍神火罩·곤선승綑仙繩 등등 다 헤아리기가 어려울 정도이다.

이러한 무기들의 가공할 만한 법력法力은 차치하더라도 그 조어능력에 있어서 작자의 상상력을 가히 짐작하고도 남음이 있다. 요즈음의 무협소설에도 많은 무기가 등장하기는 하지만 그것과는 비교가 되지 않는다.

또한 나타의 연화화신술蓮花化身術과 토행손의 지행술地行術, 양전의 변신술 등은 문학적인 상상력의 정수를 만끽할 수 있으며, 만선진萬仙陣·주선진誅仙陣·황하진黃河陣 등에서 펼쳐지는 변화무쌍한 전투장면은 손에 땀을 쥐게 한다. 이를 성공적으로 영화화한다면 세계최대의 공상전쟁극이 될 것이다.

『봉신연의』는 그 문학성과 사상성에 있어서는 다소 손색이 있다 하더라도 그 환상적인 상상력과 오락성에 있어서는 중국의 어떤 소설도 미치지 못한다. 그래서 청淸 양장거梁章鉅의 『낭적속담浪跡續談』에서는 "『서유기西遊記』·『수호전水滸傳』과 정립하여 셋이 되게 하고자 했다[意欲與西遊記·水滸傳鼎立而三]"고 했다.

지금도 중국뿐만 아니라 우리나라와 일본을 비롯한 한자문화권에서는 『봉신연의』가 널리 읽혀지고 있으며, 만화나 게임으로 제작되어 청소년들 사이에 유행하고 있다. 심지어 주요 등장인물이 그려진 카드놀이도 성행하고 있다.

이 책은 일찍이 우리나라에서도 전래되어 유행한 것으로 보이는데, 그 전래시기는 약 17세기경으로 추정된다. 현재 『봉신연의』 판본은 각 대학 도서관 고서실에서 쉽게 찾아볼 수 있으며, 한글번역필사본 25책이 『서주연의』라는 제목으로 한국학중앙연구원에 소장되어 있다. 한글번역필사본에는 각 회의 첫머리에 실려 있는 시가 모두 빠져 있다.

일본에서도 『봉신방』이라는 제목으로 번역서(安能務 譯, 講談社, 1988~89)가 나왔는데, 이것은 상·중·하 3권으로 된 문고판으로 전체내용을 3분의 2 정도로 축약 번역한 것이다. 이 책은 국내에서 우리말로 다시 번역하여 5권으로 출판된 바 있다.

마지막으로 이 책의 번역과 관련된 몇 가지 사항을 밝혀두고자 한다.

1. 본 번역서는 원전을 직접 옮긴 국내 초역이다.
2. 저본은 홍콩 중화서국(中華書局) 발행(1960) 『봉신연의』(상·하)를 사용했다.
3. 독자의 이해를 돕기 위하여 마지막 책 뒤에 등장인물에 대한

간략한 소개를 첨부했다.
4. 대부분 원전에 의거하여 충실히 옮겼으나 내용의 흥미성을 위하여 부분적으로 윤색을 가하기도 했다.

2007년 겨울
역자 씀

목차

책을 펴내면서 ▪ 3

1 은천자가 여와궁에서 헌향하다 ▪ 13
2 기주후 소호가 상나라에 반역하다 ▪ 31
3 희창이 기주성의 포위를 풀고 달기를 바치게 하다 ▪ 65
4 은주역에서 구미호가 달기를 죽이다 ▪ 93
5 운중자가 검을 바쳐 요괴를 제거하려 하다 ▪ 111
6 무도한 천자가 포락의 형벌을 만들다 ▪ 127
7 비중이 계략으로 강 황후를 폐하다 ▪ 151
8 방필과 방상이 조가에 반역하다 ▪ 181
9 상용이 구간전에서 순절하다 ▪ 221
10 희백이 연산에서 뇌진을 거두다 ▪ 245

紂王女媧宮進香

은천자가 여와궁에서 헌향하다

우주의 혼돈이 처음 갈라질 때 반고盤古가 먼저 태어났으며,
태극太極과 음양陰陽과 4상象이 생겨났네.
자방子方에서 하늘이 열리고 축방丑方에서 땅이 생겨나고 인방
 寅方에서 사람이 나왔으며,
현명한 유소有巢가 나무 위에 집을 지어 금수의 환난을 피하게
 했네.
수인燧人은 불을 만들어 날 음식을 면하게 했으며,
복희伏羲는 음양을 바탕으로 팔괘八卦를 그렸네.
신농神農은 세상을 다스리며 온갖 풀을 맛보았고,
헌원軒轅은 예악을 제정하여 혼인을 맺게 했네.

소호少昊에서 요堯·순舜에 이르는 오제五帝 때는 백성과 만물이 풍성했고,
우왕禹王은 물을 다스려 홍수를 막았네.
태평성대를 이어 나라를 다스린 지 4백 년 만에,
무도한 걸왕桀王이 나타나 하늘과 땅을 뒤집어놓았네.
날마다 말희妹姬와 놀아나며 주색에 방탕하니,
성탕成湯이 박亳으로 가서 비린내를 씻어냈네.
걸왕을 남쪽 교외로 내쫓고 폭정에서 백성을 구하니,
상서로운 구름과 무지개 나타나 만민이 소원대로 다시 살아나게 되었네.
31대가 지나 주왕紂王에 이르러,
상商나라 왕실의 맥이 끊어진 활시위처럼 되었네.
조정의 기강을 어지럽히고 오륜을 끊었으며,
처자식을 죽이고 참언만 믿었네.
궁궐을 더럽히며 달기妲己를 총애하여,
채분蠆盆과 포락炮烙의 형벌로 충직한 신하를 억울하게 죽였네.
녹대鹿臺에서 만백성의 고혈을 짜내니,
비탄의 소리와 원망의 기운이 하늘을 가렸네.
직간하는 자는 심장을 도려내서 불에 굽고,
임신한 부녀자는 배를 갈라 도륙했네.
간신배를 신임하여 조정 정사를 팽개치고,
왕실 스승을 내쫓으니 성질이 어찌 그리 고약한가!
나라 제사를 지내지 않아 종묘가 무너지고,
기괴하고 음란한 기교만을 온 마음으로 생각했네.

죄인과 스스럼없이 지내면서도 두려움이 없고,
술독에 빠져 마음껏 포학 부리는 것이 새매와 같았네.
서백西伯[文王]은 상나라에 조회하러 갔다가 유리성羑里城에 갇히고,
미자微子는 예기禮器를 품고 바람연기처럼 달아났네.
하늘이 진노하여 독한 재앙 내리니,
끝없이 넓디넓은 망망대해를 건너가는 듯했네.
천하가 황폐해져서 만민이 원망할 때,
인간 속의 신선인 강자아姜子牙가 세상에 나왔네.
하루 종일 낚싯줄을 드리운 채 군주를 낚을 제,
나는 곰이 문왕의 꿈에 나타나 기산岐山의 들판에서 사냥했네.
함께 배를 타고 돌아와 조정정사를 보필하여,
천하의 3분의 2를 얻고 그 세력이 날로 퍼져갔네.
문왕이 대업을 미처 이루지 못한 채 죽자,
무왕이 그 왕업을 이어받아 날마다 끊임없이 노력했네.
맹진孟津에서 8백제후와 크게 회합하여,
저 흉악한 자를 잡아 그 죄악을 징벌했네.
갑자일甲子日 동틀 무렵에 목야牧野에서 결전하니,
나가던 은나라 병사들이 창을 거꾸로 들고 오히려 돌아섰네.
마치 성이 무너지듯이 일제히 머리를 조아렸고,
피냇물에 절굿공이가 떠다니고 피기름이 샘 같았네.
갑옷을 입자마자 천하가 평정되어,
성탕보다 훨씬 찬란한 빛을 비추었네.
화산華山에서 군마를 쉬게 하고 전쟁이 끝났음을 알리고,

우리 주나라 8백 년 대업을 열었네.
태백太白깃발 내걸고 일개 사내[은천자]를 죽이니,
전사한 장병들의 외로운 혼령들이 잠잠해졌네.
하늘이 내리신 현인은 상보尙父라 부르고,
봉신封神하는 단상엔 화려한 공훈서를 늘어놓았네.
크고 작은 영령들은 차례대로 모셔지고,
상주연의商周演義는 고금에 전해지네.

성탕成湯은 황제黃帝의 후예로 성은 자씨子氏이다. 처음에 제곡帝嚳의 둘째왕비 간적簡狄이 고매신高禖神에게 기도하여 검은 새의 상서로운 기운을 받고 설契을 낳았다. 설은 요堯와 순舜을 섬겨 사도司徒벼슬을 하면서 백성들을 교화하는 데 큰 공을 세워 상商에 봉해졌다. 그 후로 13대가 이어져 태을太乙이 태어났는데, 이 사람이 바로 성탕이다.

성탕은 유신有莘들녘에서 밭을 갈며 요·순의 도를 즐기는 이윤伊尹이 위대한 현인임을 알고, 곧 예물을 갖춰 세 번씩이나 찾아간 끝에 겨우 그를 모셔올 수 있었다. 그러나 감히 거느릴 수 없어 천자인 걸왕에게 보냈으나 무도한 걸왕이 참언만을 믿고 그를 내쳤기에, 이윤은 다시 성탕에게 돌아갔다.

그 후로 걸왕은 날마다 황음무도함을 자행하여 직간

하는 신하를 함부로 베었으니, 관룡봉關龍逄이 참살을 당할 때도 감히 직언하는 신하가 없었다. 마침내 성탕이 사람을 보내 그를 위해 곡을 하자, 진노한 걸왕은 성탕을 하대夏臺에 가둬버렸다. 천신만고 끝에 성탕은 풀려나 귀국할 수 있었다.

하루는 성탕이 교외에 나갔다가 한남漢南이 4면에 그물을 쳐놓고 기도하는 것을 보았다.

"하늘에서 떨어지는 것이나 땅에서 나오는 것이나 사방에서 오는 것이나 모두 내 그물에 걸리게 해주소서!"

성탕은 그 3면을 걷고 다만 한 면만 남겨둔 채 다시 기도했다.

"좌로 가려고 하는 것은 좌로 가며 우로 가려고 하는 것은 우로 가고, 높이 올라가려 하는 것은 높이 올라가고 아래로 내려가려 하는 것은 아래로 내려가고, 천명을 받들지 못하는 것만 내 그물로 들어오게 하소서!"

한남이 이를 듣고 "탕의 덕이 지극하도다!"라고 탄성을 질렀으니 성탕의 인물됨이 이와 같았다. 그리하여 훗날 성탕에 귀속하는 나라가 40여 개나 되었다.

걸왕이 날로 포악해져 백성들이 편안히 살 수 없게 되자, 이윤이 성탕을 도와 걸왕을 토벌하고 남소南巢로 걸왕을 쫓아냈다. 제후들이 대회합을 가졌을 때, 모두 성탕을 천자에 추대했다.

그리하여 성탕은 천자에 즉위했으며 박亳에 도읍을 정했다. 원년 을미乙未에 성탕이 재위하면서 걸왕의 학정을 제거하고 백성들이 좋아하는 바를 따르자 사람들이 모두 그를 흠모하고 따랐다.

걸왕의 무도함으로 인하여 7년 동안 큰 가뭄이 들었는데, 성탕이 상림桑林에서 기도를 드리자 하늘에서 큰비를 내려주었다. 성탕은 또한 장산莊山의 금화로 백성들의 목숨을 구해 주었으며 대호大濩라는 음악을 만들었다. '호濩'는 '보호한다[護]'는 뜻으로 성탕이 인자함과 큰 덕으로 백성들을 구호할 수 있다는 내용이었다.

그러나 인명은 하늘에 달린 것, 그 어진 성탕이 재위 13년 만에 붕어하니 향년 1백 세였다. 그 뒤 나라는 6백 40년 동안 존속되다 상수商受에 이르러 멈추고 마는데, 이 책은 바야흐로 그 무렵부터 이야기를 시작한다.

은천자 주紂는 바로 은나라 제27대 천자 제을帝乙의 셋째아들이었다. 제을이 세 아들을 낳았는데, 첫째는 미자계微子啓라 하고 둘째는 미자연微子衍이라 하고 셋째는 수왕壽王이라 했다.

수왕에게는 이런 얘기가 전해 내려온다. 하루는 제을이 문무백관을 거느리고 대궐 동산을 거닐면서 모란꽃을 감상하고 있었는데, 갑자기 비운각飛雲閣의 들보 하나가 떨어져 내렸다. 백관이 깜짝 놀랐으나 누구 하나 선뜻 나서는 자가 없었다.

그때 제을 뒤에 서 있던 수왕이 훌쩍 뛰어나갔다. 수왕은 한 손으로 들보를 떠받치고 다른 한 손으로 기둥을 바꿔 세웠으니, 이 모든 일이 실로 눈 깜짝할 새에 이루어진 것이다. 백관이 부끄러워함과 동시에 탄복한 것도 당연한 일이었다.

이로 인해 재상 상용商容과 상대부 매백梅伯·조계趙啓 등이 동궁을 세울 것을 건의하여 막내아들 수왕을 태자에 책봉했다. 훗날 제을이 재위 30년 만에 붕어하면서 태사 문중聞仲에게 태자를 부탁하자, 마침내 수왕을 천자로 옹립했으니 그가 바로 주였다.

천자 주紂는 조가朝歌에 도읍을 정했는데, 주변에 실로 많은 인물이 있었다. 문관에는 태사 문중이 있었고 무관에는 진국무성왕鎭國武成王 황비호黃飛虎가 있었다.

또한 중궁의 원비인 황후 강씨姜氏와 서궁의 비 황씨黃氏와 형경궁馨慶宮의 비 양씨楊氏 등 세 궁의 비들이 모두 덕성스럽고 진중했으며 온화하고 정숙했다.

천자는 앉아서 태평함을 누리고, 만민은 즐겁게 일했으며, 비와 바람마저 순조로웠다. 사방 오랑캐들이 순종하고 팔방에서 온 사신들이 복종했으며, 4로路의 대제후가 거느리는 8백 진鎭의 소제후들이 모두 상나라 휘하에 있었다.

4로의 대제후란 동로에 자리잡고 있는 동백후東伯侯 강환초姜桓楚와 남백후南伯侯 악숭우鄂崇禹와 서백후西伯侯 희창姬昌과 북백후北伯侯 숭후호崇侯虎였다.

원복통袁福通 등의 모반이 있었으나, 상나라의 태평성대에 비기면 그야말로 찻잔 속의 태풍에 지나지 않았다.

하루는 천자가 문무백관을 모아놓고 조회를 하는데, 천자의 말이 끝나기 전에 문반 쪽에서 한 사람이 나와 황금계단에 엎드려 상아홀笏을 높이 받쳐들고 천자를 송축하며 아뢰었다.

"신 상용은 외람되이 재상으로 있으면서 조정기강을 관장하고 있사온데 일이 있어 감히 아뢰지 않을 수 없습니다. 내일은 3월 15일로 여와낭랑女媧娘娘의 성스러운 탄신일이니 청컨대 폐하께서 여와궁에 납시어 분향하소서."

천자가 말했다.

"여와에게 무슨 공덕이 있기에 짐이 만승의 나라 지위를 가벼이 하고 가서 분향한단 말이오?"

만승萬乘은 전쟁에 전차 1만 대를 낼 수 있는 천자를 말한다.

상용이 아뢰었다.

"여와낭랑은 바로 태고의 신녀神女로 태어날 때부터 성덕이 있었습니다. 공공씨共工氏가 부주산不周山을 머리로 받아 하늘이 서북쪽으로 기울고 땅이 동남쪽으로 꺼졌을 때, 여와가 5색 돌을 반죽해서 구멍난 하늘을 메워주었으니 이 어찌 공이 아니라 하겠습니까? 예로부터 뭇 백성들이 사당을 세우고 정결히 제사지내 보답하고 있사온데, 지금 조가에서 이러한 복신福神에게 제사지내면 4시절이 평강하여 국운이 오래 지속될 것이며 비바람이 순조로워 재해가 소멸될 것입니다. 이는 나라를 복되게 하고 백성을 보우하는 정신正神이오니 폐하께서 마땅히 분향하심이 옳은 줄 아뢰옵니다."

천자가 말했다.

"경의 주청을 허락하오."

다음날 천자는 수레에 올라 문무양반을 대동하고 여와궁으로 향했으니, 이로 말미암아 천하의 대세가 반전될 줄은 오직 하늘만이 알았다.

수레가 조가 남문을 출발하자 집집마다 향을 사르고 불을 지폈으며 대문에는 5색 비단을 매달아놓고 융단을 깔아놓았다. 3천의 철기병鐵騎兵과 8백의 근위병을 거느린 무성왕 황비호가 천자의 수레를 보호했으며 온 조정의 문무백관이 수행하여 먼저 여와궁에 이르렀다.

천자가 수레에서 내려 대전에 올라 향로 안에 분향하자 문무관들이 반열에 따라 하례를 드렸다.

여와궁의 화려함을 붓끝으로 쓰기는 어려우나, 다음과 같은 글이 남아 있어 그 일말을 짐작케 한다.

궁전 앞은 화려하기 그지없어
다섯 가지 색과 금으로 장식되었네.
금동金童은 짝을 지어 깃발을 쥐고 있고
옥녀玉女는 쌍을 지어 여의주를 받들고 있네.
비스듬히 걸려 있는 옥 갈고리는
반원의 새 달이 허공에 걸려 있는 듯하네.
보화로 장식한 휘장은 바람에 하늘거리고
만 쌍의 채색된 난새[鸞鳥]는 북두칠성을 경배하네.
천상의 침상 곁에는
춤추는 학과 비상하는 난새가 있고
침향沈香의 보좌에는
용이 솟아오르고 봉황이 나래를 펴고 있네.
바람에 나부끼는 기이한 광채는 일상의 것과 다르고
황금향로에는 상서로운 기운이 자욱하네.
하늘거리는 상서로운 징조는 보랏빛 안개를 타고 오르고
은촛대는 휘황찬란하네.

천자가 한창 여와궁을 구경하고 있을 때, 갑자기 일진광풍이 휘장을 말아올렸다. 그러자 여와의 성상聖像이 나타났는데, 용모가 단아하고 상서로운 광채가 어른거려 절세미인의 자태가 완연히 살아 있는 듯했다. 진정으로 선궁仙宮의 선녀가 이 세상천지에 임한 듯했고, 먼 옛날 전설 속의 선녀 서왕모西王母의 불사약을 훔쳐 달 속으로 달아났다는 월궁의 항아嫦娥가 세상에 내려온 듯했다.

자고로 "나라가 흥하려면 반드시 상서로운 징조가 있고, 나라가 망하려면 반드시 재앙의 징조가 있다"고 했으니, 천자는 한번 보자마자 넋을 잃고 말았다.

그리하여 불현듯 음탕한 마음이 생겨났다.

'짐은 귀하기로는 천자요, 부유하기로는 4해를 가졌다. 비록 세 궁宮과 여섯 원院이 있다 하나 이러한 절색이 한 사람도 없다니.'

천자가 문방사보文房四寶를 가져오라 명하자 시종관이 황급히 바쳤다. 천자가 보라색 토끼털 붓에 먹을 흠씬 적셔 행궁의 흰 벽에 시 한 수를 써 내려갔다.

봉황 난새 그려진 보배로운 휘장모습 특이한데,
모두가 금칠로 교묘하게 단장한 것이로다.
굽이굽이 먼 산은 비취색으로 푸르고,

하늘하늘 춤추는 소매는 노을자락에 비치네.
빛 속의 배꽃은 고운 자태를 다투고,
안개 속의 작약은 아름다운 단장을 뽐내네.
다만 요염한 자태로 거동에 능한 이를 얻어,
데리고 돌아가 오랫동안 군왕을 즐겨 모시게 하려네.

천자가 다 쓰고 나자 재상 상용이 이를 보고 깜짝 놀라 주청했다.

"여와는 태고의 바른 신이며 조가의 복된 주인입니다. 노신이 폐하께 분향하시라 청한 것은 복덕을 빌어 만민이 즐겁게 일하고 비바람이 순조롭고 전쟁의 참화가 그치게 하도록 하자는 것이었습니다. 그러나 지금 폐하께서는 시를 지어 성명聖明을 모독하고 조금도 경건한 정성이 없으니, 이는 신성함에 죄를 지은 것으로 천자가 순행하여 기도드리는 예가 아닙니다. 원컨대 물로 씻어 내소서. 천하백성들이 이를 보고 성상께 어진 정치가 없다고 수군거릴까 봐 걱정됩니다."

천자가 말했다.

"짐이 여와의 모습을 보니 절세의 자태가 있는지라 시를 지어 찬미한 것뿐이지 어찌 다른 뜻이 있겠는가? 경은 더 이상 말하지 마시오. 하물며 짐은 만승의 존귀한 사람인데, 백성들로 하여금 낭랑의 절세미모를 보게 하고 또한 짐이 남긴 필적을 보게 할 수도 없단 말이오?"

문무백관들은 묵묵히 고개만 끄덕일 뿐 감히 누구 하나 나서지 못했다. 천자가 환궁하여 용덕전龍德殿에 오르자 만조백관들이 참배하고 흩어졌다.

한편 여와낭랑은 탄강誕降하여 3월 15일 화운궁火雲宮으로 가서 복희伏羲·염제炎帝·헌원軒轅 세 성인을 참배하고 돌아와 푸른 난새를 타고 보전寶殿에 앉아 있었다. 옥녀와 금동이 하례를 끝내자, 낭랑이 갑자기 고개를 들어 벽 위의 시구를 보더니 진노하여 꾸짖었다.

"은수殷受는 무도하고 어리석은 임금이로다. 몸을 수양하고 덕을 세워 천하를 보호할 생각은 하지 않고 지금 오히려 시를 읊어 나를 모독하다니, 상천을 두려워하지 않는 거만함이 심히 가증스럽도다! 생각해 보니 성탕이 걸을 토벌하고 천하의 왕이 되어 나라가 6백여 년 동안 존속했지만 이제 그 운이 다했노라. 내 마땅히 그에게 응보를 내려 나의 영험함을 보여주리라."

은수는 곧 천자 주紂이다.

즉시 벽하碧霞동자를 불러 푸른 난새를 타고 상나라 도읍인 조가로 날아갔다.

이때 조가에서는 천자의 두 아들 은교殷郊와 은홍殷洪

이 부왕을 배알하러 왔다. 그들이 한창 예를 행하고 있는데 머리 위로 두 줄기 붉은 빛이 하늘에 닿았다.

공교롭게도 바로 이때 여와낭랑이 지나다가 이 기운 때문에 구름길이 막혔다. 깜짝 놀라 아래를 내려다보니, 천자에게 아직 28년의 운수가 남아 있어 금방 무너뜨릴 수 없음을 깨달았다.

낭랑은 할 수 없이 행궁으로 되돌아왔지만 마음이 편치 못했다. 채운彩雲동자를 불러 후궁에서 황금 호로박을 가져와 붉은 섬돌 아래서 한 손가락으로 호로박을 탔다. 호로박 속에 한 줄기 실낱같은 흰 빛이 들어 있었는데 높이는 네댓 길 남짓 되었다. 흰 빛줄기 위에는 한 폭의 깃발이 걸려 있었고 빛이 5색으로 분산되면서 서기가 천 갈래를 비쳤다. 이름하여 '초요번招妖旛' 즉 '요괴를 부르는 깃발'이라 했다.

잠시 뒤 음침한 바람이 스산하고 적막한 안개가 자욱해지면서 검은 구름이 사방에서 모이고 바람이 몇 차례 휩쓸고 지나가자, 세상의 온갖 요괴들이 모두 행궁에 당도하여 신의 교지를 기다리고 있었다.

여화낭랑이 채운동자에게 분부했다.

"각 처의 요괴들은 모두 물러가고 헌원의 무덤에서 나온 세 요괴만 남아 명을 기다리도록 하라."

세 요괴가 정궁으로 올라와 배알하고 외쳤다.

"낭랑성녀, 만수무강하소서!"

이 세 요괴는 하나는 천 년 묵은 여우의 정령이고, 하나는 머리가 아홉인 꿩의 정령이고, 하나는 옥석으로 된 비파의 정령이었다. 여화낭랑이 말했다.

"세 요괴는 나의 밀지를 들으라. 성탕이 세운 상나라의 운세가 암담하여 마땅히 천하를 잃게 될 것이다. 봉황이 기산岐山에서 울어 서주西周에 이미 성군이 태어났구나. 하늘의 뜻이 이미 결정되었으므로 운명이 그렇게 될 것이다. 너희 세 요괴는 그 요괴형상을 숨기고 궁궐에 몸을 의탁해 임금의 마음을 미혹시켜라. 주무왕이 천자를 정벌하기를 기다렸다가 그의 성공을 도울 것이며 백성들을 해쳐서는 안된다. 일이 성사된 연후에 너희들에게도 정과를 이루게끔 하겠다."

정과正果는 수행함으로써 얻은 깨달음의 결과이다.

여와낭랑의 분부가 떨어지자 세 요괴는 머리를 조아리며 은혜에 감사드리고 한 줄기 바람으로 변해서 길을 재촉했다. 이것이 바로 '여우가 교지를 듣고 요술을 부려 성탕의 6백 년 상나라를 소멸시켰다'는 이야기의 시작이다.

한편 천자는 분향을 다녀온 뒤 여와낭랑의 아름다운

자태를 못 잊어 아침저녁으로 사모하면서 식음까지 전폐했다. 여섯 원과 세 궁의 비와 후비들을 볼 때마다 정말 쓸모없는 것들이라 여겨져 눈길도 주고 싶지 않았다. 오로지 온종일 여와를 마음에 그리다가 끝내 우울증에 걸리고 말았다.

"어허, 짐에게는 어이하여 여와낭랑과 같은 미색의 복이 없는가! 만승의 부가 소용없고 임금의 명예가 다 헛되도다."

하루는 천자가 현경전顯慶殿으로 행차했는데, 늘 옆에 따라다니던 신하 하나가 고개 숙여 시립해 있었다. 천자가 문득 정신이 들어 살피니 봉어선 중간대부奉御宣中諫大夫 비중費仲이었다.

비중은 바로 천자의 총신이었다. 근자에 태사 문중이 칙명을 받들고 대군을 일으켜 북해정벌에 나섰을 때 변방을 지키는 데 공을 세웠던 까닭에 천자가 이들 비중과 우혼尤渾 두 사람을 총애하게 되었던 것이다.

그러나 사실을 알고 보면 두 사람은 날이면 날마다 임금의 총기를 미혹시켰는데, 참언과 아첨이 극에 달해 천자가 따르지 않을 수 없는 처지였다.

천하가 위험해지려면 으레 간신이 드세어지는 법, 비중과 우혼의 위세는 날로 높아만 갔다.

잠시 뒤 비중이 알현하자 천자가 말했다.

"짐이 여와궁에 분향하러 갔다가 우연히 그녀의 아름다운 얼굴을 보게 되었는데 비할 데 없는 절세미인이었소. 불행히도 세 궁과 여섯 원에는 짐의 마음에 흡족한 아름다움이 없으니 장차 어찌하면 좋겠는가? 경은 짐의 마음을 위로해 줄 무슨 묘책이라도 없겠는가?"

비중이 아뢰었다.

"폐하는 만승의 존귀하신 분으로 부유하기로는 천하를 가지셨고 덕으로는 요임금·순임금과 짝하시며 더불어 천하의 모든 것이 폐하의 소유입니다. 어찌 얻지 못함을 걱정할 것이며 이런 일에 무슨 어려움이 있겠습니까? 폐하께서 내일 당장 교지를 내리소서. 4로 제후들에게 한 진鎭에서 각각 미녀 백 명씩을 선발하여 궁정에 채우라 공포하소서. 그러신다면 천하의 절색이 임금의 간택에 목이 탈 것입니다. 미인이 없음을 어찌 근심하겠습니까?"

천자가 크게 기뻐하면서 말했다.

"경이 아뢴 바가 짐의 뜻에 합당하오. 내일 아침 일찍 교지를 내릴 것이니 경은 잠시 돌아가 있으시오."

매우 흡족해진 천자는 즉시 수레에 올라 궁으로 돌아왔다.

冀州侯蘇護反商

기주후 소호가 상나라에 반역하다

다음날 이른 아침 천자 주紂는 문무양반을 모아 조회를 열었다. 천자가 대신들에게 말했다.

"즉시 짐의 뜻을 전하여 4로 제후들에게 공포하시오. 한 로에서 양가집 딸들 백 명씩을 가려뽑아 보내라 하시오. 빈부를 막론하고 다만 용모가 단정하고 성정이 온화해야 하오. 예절이 현숙하고 행동거지 또한 방정한 여식들만을 후궁에 들여보내도록 하라 하시오."

천자의 교지가 채 끝나기도 전에 좌측 반열에서 한 사람이 곧장 나서서 엎드리며 아뢰었다.

"노신 상용이 폐하께 주청드립니다. 임금에게 도의가 있으면 만민이 즐겁게 일하며 명하지 않아도 따르게 됩니다. 하물며 폐하의 후궁미녀들은 빈첩嬪妾이 천여 명이나 되고 또한 후비后妃도 있사온데, 지금 난데없이 다시 미녀를 뽑고자 하시니 백성들의 신망을 잃을까 걱정됩니다. 신이 듣건대 '백성의 즐거움을 즐거워하는 자는 백성이 또한 그의 즐거움을 즐거워하고 백성의 근심을 근심하는 자는 백성이 또한 그의 근심을 근심한다'고 했습니다. 또한 지금은 홍수와 가뭄이 빈번하므로 여색을 일삼는다는 것은 진실로 폐하께서 취하실 바가 아닙니다."

상용은 숨이 차오르는 듯 잠시 머뭇거리다가 다시 말을 이었다.

"옛날 요임금과 순임금은 백성들과 함께 즐거워하고 어진 덕으로 천하를 교화했으며 전쟁을 일삼지 않고 살육을 행하지 않아, 덕성德星이 하늘에서 빛나고, 감로甘露가 내려오고, 봉황이 뜰에서 머물고, 지초芝草가 들에서 자랐습니다. 백성들과 만물이 풍부하고, 행인이 길을 양보하고, 개 짖는 소리가 들리지 않고, 밤에는 비오고 낮에는 맑게 개어 벼이삭이 쌍으로 열렸습니다. 이는 바로 도의가 있어 흥성할 징조입니다. 그런데 폐하께서 만약에 당장의 즐거움만을 취하신다면, 눈은 갖가지 색에 현혹되고 귀는 음탕한 소리를 듣게 될 것입니다. 더하여 주색에 빠진 채 동산에서 노닐고, 산림에서 사냥이나 하게 될 것입니다. 이는 바로 도의가 없어 패망할 징조입니다."

주위에서는 숨쉬는 소리조차 들리지 않는 듯했다.

"노신은 외람되이 재상이 되어 조정기강을 바로하며 3대를 이어 군왕을 모시고 있사온지라 폐하께 아뢰지 않을 수 없습니다. 신이 폐하께 원하오니, 어진 사람을 등용하고 불초한 사람을 물리치며 인의를 수행하고 도덕에 통달하소서. 온화한 기운이 천하에 퍼지고 백성들과 함께 끝없는 복을 누리시게 될 것입니다. 하물며 지금 북해에서 전쟁이 아직 그치지 않고 있으니, 마땅히 덕을 닦고 백성을 사랑하며 재화를 아끼고 명령을 중히 여기셔야 합니다. 그런데 하필이면 구구하게 시녀선발을 낙으로 삼으려 하십니까? 신은 어리석어 꺼려할 줄 모르고 아뢰었으니 통촉하소서."

천자가 한동안 깊이 생각하고 나서 말했다.

"경의 말이 참으로 훌륭하오. 짐은 즉시 경의 말을 따르도록 하겠소."

말을 마치자 즐거운 마음으로, 신하들은 퇴조하고 임금은 환궁했다.

다시 세월이 흘러 천자 주(紂) 8년 여름 4월에 천하의 4대 제후가 8백 진의 제후들을 거느리고 은나라에 조회하러 왔다.

천하제후들은 천자가 비중과 우혼을 총애하고 있으며, 이 두 사람이 조정을 좌지우지하여 권세를 멋대로 휘두르고 있다는 사실을 알고 있었다. 그러므로 모두들 먼저 예물로써 그들의 환심을 사지 않으면 안된다는 것도 알고 있었다.

제후 중에 기주후(冀州侯) 소호(蘇護)라는 사람이 있었다. 그 사람은 타고난 성품이 불같고 강직하여 뇌물을 바쳐 아첨하는 일에 다투어 나아갈 줄을 몰랐다. 그는 평소에 공정하지 못하고 법도에 어긋난 일을 보면 불같이 참지 못했으므로, 일찍이 두 사람에게 예물을 보낸 적이 없었다.

그날 비중과 우혼은 천하제후들이 보낸 예물을 점검했는데 소호의 예단은 하나도 없었다. 이로 인해 두 사람이 마음속으로 크게 노하며 앙심을 품었을 것임은 너무나 당연한 일이었다.

그날은 마침 정월 초하루 길일이었다. 천자는 두 반열의 문무관들을 소집하여 일찍 조회를 열었다. 모든 관리의 하례가 끝나자 황문관(黃門官)이 아뢰었다.

"금년은 제후가 조정에 들어와 하례드리는 해인지라

천하제후들이 모두 궐문 밖에서 폐하의 분부를 기다리고 있습니다."

천자가 재상 상용에게 절차를 묻자 그가 말했다.

"폐하께서는 4진 제후들에게만 신하로서 알현케 하시고 그 나머지 제후들은 모두 궐문 밖에서 하례드리게 하시면 됩니다."

그리하여 4진의 제후들이 조복朝服을 입고 패옥을 살랑이면서 궐문에 들었다. 구룡교九龍橋를 지나 붉은 섬돌에 이르러 송축하고 하례하며 엎드렸다. 천자가 노고를 위로하면서 말했다.

"경들은 짐과 함께 널리 교화를 떨쳐 백성을 편안케 하고 오랑캐를 진압하여 멀리는 위엄을 떨치고 가까이는 안정을 이루었소. 수고가 많았소. 이는 모두 경들의 공이오. 짐의 마음은 기쁘기 한량없소."

동백후가 아뢰었다.

"신들은 성은을 입어 진을 통솔하는 직책에 있습니다. 신들은 스스로 분수에 넘치는 일을 하느라 밤낮으로 전전긍긍합니다. 소임을 다하지 못하여 성심에 누를 끼치게 될까 걱정되기 때문입니다. 비록 견마犬馬와 같은 미천한 수고를 한다 하더라도 그것은 신하된 본분에 당연히 해야 될 일입니다. 성은에 만분의 일도 갚지 못할 따름이니 어찌 성심에 염려를 끼칠까 걱정하지 않겠습니까? 신들은 감격함을 이기지 못하겠습니다!"

천자는 얼굴에 희색이 가득하여 재상 상용과 아상亞相 비간比干에게 연회를 베풀어 그들을 대접하라 명했다. 4진 신하들이 머리를 조아리고 성은에 감사드리고 나서 현경전으로 나가 서열에 따라 연회를 즐겼다.

그날 저녁 퇴조한 뒤 임금은 편전에 이르러 은밀히 비중과 우혼 두 사람을 불러들여 물었다.

"지난날 경들이 짐에게 주청한 대로 4진의 대제후들에게 계집들을 상납케 하고자 했으나 상용의 저지를 받았구려. 지금 4진 제후들이 여기에 모였으니 내일 아침 불러들여 면전에서 공포함으로써 그들이 귀국하자마자 곧바로 선발하여 진상하기를 기다린다면 또한 사신이 왕래하지 않아도 될 것이니 경들의 의향은 어떠하오?"

비중이 엎드려 아뢰었다.

"폐하께서 재상의 만류를 즉시 받아들여 어지의 시행을 멈추신 것은 미덕이었습니다. 모든 신하와 뭇 백성들이 그 일을 알고 한층 앙모하고 있습니다. 그런데 지금 하루아침에 번복하신다면 폐하께서 신하와 백성들의 믿음을 저버리게 되므로 절대 불가합니다."

믿었던 비중이 이렇게 말하자, 천자는 낙담이 이만

저만이 아니었다.

"그렇다면 짐의 이 괴로움은 어찌 달래란 말인가?"

그러자 기다렸다는 듯이 비중이 말을 이었다.

"폐하께서는 심려 마소서. 신에게 좋은 방책이 있습니다. 신이 폐하의 여와궁 행차 이후 수소문해 보니 기주후 소호에게 딸 하나가 있는데 빼어난 미모와 현숙한 성품을 지니고 있다 합니다. 듣건대 그 아름다움이 낭랑에 못지않을진대, 그녀를 후궁으로 뽑아들여 폐하를 모시게 한다면 능히 소임을 감당할 것입니다. 또한 한 사람의 딸을 선발한다면 천하백성들을 놀라게 하지도 않아 자연히 백성들의 이목은 동요치 않게 될 것입니다."

천자는 이 말을 듣고 기뻐서 자신도 모르게 무릎을 쳤다.

"경의 말이 매우 훌륭하구려!"

그런 뒤 즉시 시종에게 명하여 어지를 전하게 했다. 누구의 명이라고 지체할 것인가? 칙사는 그 즉시 역사(驛) 숨에 달려가 소호에게 어지를 전했다.

"기주후 소호에게 국정을 상의할 것을 고하노라."

칙사를 따라 궁궐에 온 소호가 용덕전에 이르러 예를 마치고 삼가 엎드려 명을 기다렸다.

천자가 하명했다.

"짐이 듣건대 경의 딸이 덕성이 현숙하고 행동거지가 예절에 합당하다 하니 짐의 후궁으로 뽑아 시중을 들게 하려 하오. 그리되면 경은 나라의 척족이 되어 하늘의 축복을 받아 현달한 지위에 오를 것이오. 또한 영원히 기주를 다스리면서 태평함을 누리고 4해에 이름을 날려 천하에서 부러워하지 않는 사람이 없게 될 것이오. 경의 의향은 어떠하오?"

소호가 이 말을 듣고서 정색하여 아뢰었다.

"아뢰옵기 황송하오나, 폐하의 궁중에 위로는 후와 비가 있고 아래로는 빈첩이 수를 헤아릴 수 없으니, 그 곱고 아름다움이 어찌 폐하의 이목을 기쁘게 하기에 부족하겠습니까? 그런데도 폐하께서는 측근의 아첨하는 말을 들은 듯 스스로를 불의에 빠뜨리고 있습니다. 하물며 신의 여식은 몸이 약하고 비루한 자질이며 평소에도 예의를 잘 몰라 덕성과 자색이 모두 보잘것없습니다. 청컨대 폐하께서 나라의 근본에 마음을 두시고 이러한 참언을 올린 소인들을 속히 불러들여 참수하소서. 그럼으로써 후세사람들로 하여금 폐하께서 올바른 마음으로 수양하고 간언을 받아들여, 색을 좋아하는 임금이 아니라는 것을 알게 하신다면 이것이 어찌 홍복이 아니겠습니까!"

천자가 크게 웃으면서 말했다.

"경의 진언은 심히 큰 이치를 깨닫지 못한 말이오. 예로부터 이름난 가문에 딸 시집보내기를 원하지 않는 사람이 어디 있었소? 하물며 후비가 되면 그 존귀함이 천자와 함께할 것이며, 경은 황실의 친척이 되어 혁혁한 영화를 누리게 될 것이니 무엇이 이보다 나을 수 있겠소! 경은 미혹에 빠지지 말고 잘 헤아리시오."

소호는 이 말을 듣자 자신도 모르게 불끈 목소리를 높여 말하고 말았다.

"신이 듣자오니 임금이 덕을 쌓아 정사에 힘쓰면, 만민이 기쁨으로 복종하고 4해가 우러러 따라 하늘의 작록이 영원하다 합니다. 옛날 하夏나라 임금이 정사를 그르치고 주색에 방탕했을 때, 오직 우리 선조께서만은 성색聲色을 가까이하지 않고, 너그러움과 어짊으로써 능히 하나라를 바로잡아 백성들에게 믿음을 드날리고 나라를 창성케 하셨습니다. 지금 폐하께서는 선조를 본받지 아니하고 하왕夏王을 뒤따르시니 이것은 패망하게 되는 길입니다. 또한 임금이 여색을 좋아하면 반드시 사직이 전복되고, 경대부가 여색을 좋아하면 반드시 종묘가 멸망하며, 민간 선비와 백성이 여색을 좋아하면 반드시 그 몸을 망치게 된다고 했습니다. 하물며 임금은 신하의 모범이 되어야 하는데 임금이 도의를 행하지 않으시면, 신하들도 장차 그것에 물들어 당파를 만들고 서로 원수가 될 것입니다. 그런 세상의 일을 어찌 말로 다할 수 있겠습니까? 신은 은나라 6백여 년의 왕업이 폐하로부터 문란해질까 두렵습니다."

천자가 소호의 말을 듣자 발끈 대노하여 말했다.

"괘씸한지고! 임금이 명을 내려 부르면 말에 멍에를 매기를 기다리지 않고 곧장 나서며, 임금이 죽음을 내리더라도 감히 거역하지 못하는 법이거늘, 하물며 그대의 딸을 후비로 선발하는 것에 있어서랴! 감히 어리석은 말로 어지를 꺾으며 면전에서 짐을 공박하여 나라를 망친 임금을 짐에게 빗대니, 어디에 이보다 더 큰 불경이 있겠느냐? 시종은 들으라. 당장 소호를 궐문 밖으로 끌어내 정법으로 문초토록 하라!"

좌우 시종이 즉시 소호를 끌어냈다. 그러자 비중과 우혼 두 사람이 다시 편전에 들어와 엎드렸다.

"소호가 어지를 어긴 것은 마땅히 문초해야 할 일입니다. 하오나 폐하께서 그의 딸을 뽑아들이는 일로 인하여 그에게 죄를 내리신다면, 세상사람들이 이를 듣고 폐하께서 현자를 경시하고 여색을 중시하며 언로言路를 막았다고 할까 두렵습니다. 그러니 그를 용서하여 귀국케 한다면 그가 황상의 은혜에 감격하여 스스로 자기 딸을 바칠 것이니 이렇게 하는 것이 더 좋은 계책이 아닌가 합니다. 또한 뭇 백성들은 폐하께서 넓으신 아량과 큰 법도로 간언을 용납하시고 공있는 신하를 보호하신 것으로 알 것입니다. 이것이 바로 일거양득이라 할 것인바, 원컨대 폐하께서는 신의 주청대로 시행하소서."

천자가 이 말을 듣자 얼굴이 조금씩 풀어지면서 말했다.

"짐의 분노가 가라앉지 않았으나 기꺼이 경의 주청한 바를 따르겠소. 즉시 그를 사면하여 귀국케 하시오."

어지가 한번 내려지자 봉화처럼 신속히 전해져서 즉시 소호에게 성을 떠나라고 재촉했으며 잠시도 머무르는 것이 허용되지 않았다.

소호가 조정을 떠나 역정驛亭으로 돌아오자 여러 장수들이 위로하며 물었다.

"성상께서 장군을 조정으로 불러들여 무슨 상의를 하셨소?"

소호가 탄식하며 말했다.

"나의 딸을 후궁으로 간택한다는구려. 성상께서 아실 리 없는 아이를 후비로 달라하시니 괴이쩍기 한이 없소. 이는 필시 비중과 우혼이 주색으로 임금의 마음을 미혹시켜 조정정사를 전횡하려는 수작이오. 그뿐더러 어찌

된 연고인지 임금께서 점점 무도하고 어리석어지는구려. 선조의 덕업을 헤아릴 생각은 하지 않고 간신의 아첨하는 말만 믿는 듯하오. 그러한 어지를 듣고 나도 모르게 직언으로 간하여 주장했더니, 임금께서 날더러 어지를 어겼다며 법사法司에 송치시켰소."

소호가 목이 마른 듯 옆에 있던 물그릇을 들어 벌컥벌컥 들이마셨다.

"그러더니 그 두 도적놈이 다시 임금에게 나를 사면하여 귀국시키면 임금이 죽이지 않은 은혜에 감동하여 틀림없이 내 딸을 조가로 들여보낼 것이라고 주청했다 하오. 간계가 참으로 기기묘묘하오. 생각건대 태사 문중이 원정을 떠나 없는 틈을 타서 두 도적놈이 정권을 농단하고 있으니, 틀림없이 임금이 주색에 방탕하고 조정 정사를 문란케 할 것이오. 천하가 황폐해지고 백성이 도탄에 빠질 것이 눈에 보이는 듯하오. 가련하게도 성탕의 사직이 물거품으로 변하게 되었소. 내가 만약 딸을 바치지 않는다면 어리석은 임금이 반드시 죄를 물어 군대를 일으킬 것이고, 만약 딸을 궁궐로 들여보내면 뒷날에 어리석은 임금이 덕을 잃었을 때 세상사람들이 날더러 지혜롭지 못했다고 비웃을 것이오. 공들에게 좋은 묘책이라도 있다면 나에게 가르침을 주시오."

여러 장수들이 이 말을 듣고 한결같이 말했다.

"듣건대 임금이 올바르지 못하면 신하가 타국으로 망명한다고 합니다. 주상이 점차로 현자를 경시하고 여색을 중시하여 혼란이 눈앞에 보이니, 조가로부터 벗어나 스스로 한 나라를 지킴으로써 위로는 종묘와 사직을 보존하고 아래로 한 집안을 보호하는 것이 더 낫겠습니다."

이때 소호는 화가 잔뜩 나 있었다. 이 말을 듣자마자 분기가 치밀어 다른 것은 생각할 겨를이 없었다. 그래서 곧장 "대장부는 일을 분명치 않게 처리할 수 없는 법이다"고 말하면서 좌우에 소리쳤다.

"문방사보를 가져오라. 대궐문 위에 시를 써서 영원히 은나라에 복종치 않겠다는 내 뜻을 보이리라!"

그리하여 시 한 수를 썼다.

임금이 신하와의 기강을 무너뜨리고 5상(常)을 저버렸으니,
기주후 소호는 영원히 상나라에 복종치 않으리라!

소호는 시를 다 쓰고 나서는 수하들을 이끌고 조가를 떠나 곧바로 본국으로 돌아갔다.

한편 천자는 강력하게 거절하는 소호의 면박을 한 차례 듯하고 나서 원하는 대로 뜻을 이룰 수 있을까 조

바심이 났다.

'이럴 때에는 만승의 지위가 오히려 거추장스럽도다. 내 비록 비중과 우혼 두 사람이 주청하는 바를 따랐지만, 소호가 과연 제 딸을 궁중에 바칠는지 모르겠다.'

이렇게 한창 주저하면서 불쾌해 하고 있을 때 한 신하가 엎드려 아뢰는 것이 보였다.

"소호가 궐문 위에 써붙인 반역시 16자를 보고 감히 숨길 수 없어 가져와 올리오니 청컨대 성상께서 깊이 살피소서."

시종이 시가 적힌 대나무 발을 받아 어탁에 펼쳐놓으니, 천자가 보자마자 버럭 소리를 질렀다.

"역적놈이 이토록 무례하도다! 짐이 생명을 아끼는 하늘의 덕을 헤아려 죽이지 않고 사면하여 귀국시켰더니 도리어 시를 써서 조정을 욕되게 했으니 그 죄를 용서치 못하리라!"

천자가 즉시 명을 내렸다.

"은파패殷破敗·조전晁田·노웅魯雄 장군 등에게 고하라. 6사師[1사는 2,500명]를 통솔하여 짐이 친히 정벌에 나설 것이니 따르라고 말이다!"

임금의 수레를 모는 관리인 당가관當駕官이 즉시 노웅 등에게 입조하도록 전했다. 잠시 뒤 노웅 등이 입조하여 배알하고 예를 행내자 천자가 하명했다.

"소호가 은나라에 반역하는 뜻으로 궐문에 시를 써놓아 조정을 심히 욕되게 했으며 그 마음이 특히 가증스러워 법도에 용납하기가 어렵도다. 경 등이 인마 20만을 통솔하여 선봉에 서고 짐이 친히 6사를 거느려 그 죄를 성토할 것이니라."

노웅이 듣고 나서 머리를 수그린 채 곰곰 생각했다.

'소호는 충직한 사람으로 평소에 충의를 지니고 있는데, 무슨 연고로 천자의 뜻에 거슬렸기에 친히 정벌에 나서려 하나? 기주는 이제 끝장인가!'

노웅이 소호를 위하여 엎드려 아뢰었다.

"소호가 폐하께 죄를 지었다고는 하나 어찌 수고롭게 친히 정벌하려 하십니까? 지금 4대 진의 제후들이 아직 귀국하지 않고 도성에 남아 있으니, 폐하께서 한두 진 제후에게 정벌케 하시어 소호를 붙잡아 그 죄를 바로잡는다 하더라도 정벌하는 위엄을 잃지 않을 것입니다."

듣고 보니 그럴 법했다. 이에 천자가 물었다.

"네 제후 중에 누가 정벌하는 것이 좋겠소?"

비중이 옆에 있다가 나서서 아뢰었다.

"기주는 북방 숭후호崇侯虎의 휘하에 있으니 숭후호에게 정벌을 명하는 것이 좋겠습니다."

천자가 즉시 그 말을 따르고자 했다. 노응이 생각했다.

'숭후호는 탐욕스럽고 포악한 인간이다. 그 자가 군사를 이끌고 원정을 떠난다면 지나는 지역은 반드시 잔악한 해를 입게 될 것이니 백성들이 어찌 편안할 수 있겠는가? 반대로 서백후 희창姬昌은 어진 덕을 사방에 펼치니 어찌 이 사람을 추천하지 않겠는가?'

천자가 바야흐로 명을 내려 어지를 전하려 할 때 노응이 아뢰었다.

"숭후호는 비록 북방을 다스리고는 있으나 사람들에게 은혜와 신의가 미덥지 못하므로, 이번 거사에서 조정의 위엄과 덕을 펼칠 수 있을지 걱정됩니다. 차라리 서백후 희창을 보내는 것이 나을 것입니다. 그는 평소에 인의로 이름이 나 있으니 폐하께서 그에게 절월節鉞을 내리신다면, 스스로 정벌을 수고롭게 여기지 않고 소호를 잡아들여 그 죄를 바로잡을 것입니다."

절월은 적군정벌을 명하는 장군에게 임금이 주는 부절과 의장용 큰도끼이다.

천자가 한동안 생각하고 나서 두 사람의 주청을 모두 따르기로 했다. 특별히 어지를 내려 두 제후로 하여금 절월을 잡고서 정벌을 하라 했다.

이때 4진의 제후들과 두 승상丞相은 아직 연회를 끝내

지 않았는데, 갑자기 어지가 내려졌다는 전갈을 받고 무슨 일인지를 몰랐다. 천자의 칙사가 "서백후와 북백후는 어지를 받으시오"라고 하자, 두 제후가 자리에서 나와 꿇어앉아 어지를 받았다.

조서로 이르노라. 짐이 듣건대 임금을 섬기고 신하를 부리는 도리에는 두 가지가 없다. 설사 임금이 죽음을 내리더라도 감히 명을 어기지 못한다 하니, 이것은 존귀함과 비천함을 확실히 하고 주어진 임무를 받들어 행하게 하기 위함이노라.

그런데 지금 무도한 소호가 미친 듯이 난폭하고, 무례하게도 대전에 서서 임금을 거역하므로 기강이 이미 무너졌도다. 그럼에도 지난 일을 생각하여 사면 귀국시켰으나 스스로 반성할 생각은 하지 않고 감히 궐문에 시를 써서 태연하게 군주를 배반하니 그 죄는 목숨이 열 개라도 용서받지 못하리라. 이에 그대들에게 절월을 내리노니 곧장 시행하여 그의 거역함을 징벌할 것이며 관용을 베풀지 말지어다. 이에 그대들에게 정벌에 나설 것을 명하노니 삼가 받들지어다.

천자의 칙사가 낭독을 끝내자 두 제후가 성은에 감사드리고 몸을 일으켰다. 희창이 두 승상과 세 후백들에게 말했다.

"소호가 궁궐에 조회하러 와서 아직 궁전 뜰에 나가지도 않았으며 성상을 배알하지도 않았는데, 지금 조서 가운데 '대전에 서서 임금을 거역했다'는 말이 어디에서 나온 것인지 모르겠소. 또한 그분은 평소에 충실한 마음을 간직하고 있으며 여러 번 전쟁에서 공을 세웠으니, 궐문에 시를 썼다는 것은 틀림없이 거짓으로 꾸민 것일 게요. 천자께서 누군가의 말을 믿고 공있는 신하를 정벌하시려는지는 모르나 아마도 천하제후들이 복종치 않을 것이오. 청컨대 두 승상께서 내일 아침 일찍 입조하여 소호가 무슨 죄를 지었는지 자세한 내막을 살펴주시오. 과연 그 말이 사실이라면 정벌하는 것이 옳겠으나 만약 그 말이 사실이 아니라면 그만두는 것이 마땅하오."

비간이 말했다.

"군후의 말씀이 옳소이다."

그러자 승후호가 옆에 있다가 말했다.

"서백후의 말씀은 틀렸소이다. '임금의 말씀이 실과 같이 가늘어도 신하는 관인의 끈과 같이 소중히 간직한다'고 했소. 지금 조서가 이미 내려졌으니 누가 감히 어기겠소? 또한 소호가 궐문에 시를 쓴 것에는 반드시 근거가 있을 것이오. 천자께서 어찌 아무런 이유없이 이러한 일을 거행하시겠소? 지금 8백 제후 어느 하나라도 명을 따르지 않는다면 큰 혼란이 일 것이고, 이는 왕명이 제후들에게 시행되지 못한다는 말이니 바로 난리를 가져오는 첩경이 될 것이오."

희창이 말했다.

"공의 말씀이 비록 훌륭하긴 하나 이는 한 면만을 보고 한 말이오. 소호는 충직한 군자로서 평소에 단심丹心으로 나라를 위하고 백성을 교화하는 데 도의가 있으며 군대를 다스리는 데 법도가 있어 수년 동안 어느 하나 과실이 없었소. 지금 천자께서 누구에게 미혹되어 군사로써 나라의 동량에게 죄를 문초하려 하시는지는 모르겠으나, 이 일은 아마도 나라에 상서로운 조짐이 아닌 듯하오. 지금은 전쟁과 살상이 없는 요임금 때의 태평함이 필요한 때요. 하물며 거병한다는 것은 불길한 조짐으로 군대가 지나가는 지방에는 반드시 놀람과 근심이 생겨나기 마련이오. 또한 함부로 전쟁을 일으킨다면 백성들을 수고롭게 하고 재물을 상실하며 병사를 곤궁에 빠뜨리고 무덕武德을 더럽히게 될 것이오. 명분없는 출정은 태평한 시대에 마땅히 있어서는 안되는 것이오."

숭후호가 말했다.

"공의 말씀에 진실로 일리가 있소. 그러나 임금의 하명을 뜻대로 정할 수 없다는 점은 생각지 않으시오? 지금 천자의 말씀을 누가 감히 거역하여 스스로 임금을 기만하는 죄를 지으려 하겠소?"

"정녕 그렇게 생각한다면 공께서 군대를 이끌고 먼저 떠나시오. 나의 군사도 뒤따라 곧 갈 것이오."

이렇게 하여 각자가 헤어졌다. 서백이 곧 두 승상에게 말했다.

"숭후호가 먼저 떠나면 나는 잠시 서기西岐로 돌아갔다가 군대를 이끌고 뒤이어 가겠습니다."

마침내 각기 인사를 나누고 헤어졌다.

다음날 숭후호가 막료에게 하명하여 병사들을 점검케 하고 조정에 하직인사를 드린 뒤 노정에 올랐다.

한편 조가를 떠난 소호는 군병들과 함께 하루도 못 되어 기주로 돌아왔다. 소호의 장자 소전충蘇全忠이 여러 장수들을 이끌고 성곽 밖으로 나와 영접했다. 그들 부자가 성으로 들어오자 여러 장수들이 전상에 나가 배례했다. 그 자리에서 소호가 말했다.

"천하제후들이 입조하여 배알하는 이때에, 어떤 간악한 무리들이 내 딸의 자색姿色에 대하여 주청했던 모양이오. 어리석은 임금이 들라 하더니 내 딸을 후궁으로 간택했다 했소. 내가 임금 면전에서 강력하게 간언하자 뜻밖에도 임금이 대노하여 나를 끌어내어 거역한 죄로 문초하려 했구려. 요즈음 임금은 어리석어지고 간악한 무리들은 임금을 충동질하오그려. 간악한 비중과 우혼 두 자가 나를 용서한다는 핑계로 돌아가게 하여 스스로 딸을 바치도록 다시 주청했다 하오."

소호의 눈빛은 격앙되어 있었다.

"당시 내가 마음이 몹시 불쾌하여 즉시 궐문에 나라에 반역하겠다는 시를 써붙였소. 이번 일로 불같은 성정의 임금은 반드시 제후들을 앞세우고 와서 죄를 물을 것이오. 여러 장수들은 명을 잘 들으시오. 즉시 병사들의 조련을 강화시키고 성벽에 목책과 석포石砲를 설치하여 방비를 엄히 하도록 하시오."

여러 장수들이 명을 듣고 감히 게을리 하지 못하고 밤낮으로 방비에 힘쓰면서 일대 접전을 기다렸다.

한편 숭후호는 5만 군졸과 병마를 거느리고 그날로 출병하여 기주를 향해 진격했다. 대군이 행군하여 하루가 지났을 때, 전초병이 와서 보고했다.

"군대가 이미 기주에 이르렀으니, 왕후께서 군령으로 진격 여부를 결정하소서."

숭후호가 명을 내려 진영을 정돈케 했다.

이 광경을 지켜보던 소호군 정탐병들이 황급히 기주로 달려 들어갔다. 소호가 물었다.

"어느 진의 제후가 장군이 되었더냐?"

정탐병이 보고했다.

"바로 북백후 숭후호 장군입니다."

소호가 말했다.

"다른 진의 제후 같으면 그래도 회답할 여지가 있으나, 이 자는 평소 행실이 무도하여 결코 예법으로 해결할 수가 없도다. 차라리 이번을 기회로 그들을 대파하여 기주군의 위엄을 떨치고 아울러 만백성의 고통을 제거하는 것이 낫겠다."

소호는 즉시 명령을 내렸다.

"군대를 정비하여 성을 나가 무찔러라!"

여러 장수들이 명령을 듣고 각기 병장기를 가다듬고 성을 나섰는데, 한바탕 포성이 일고 살기가 하늘을 진동했다. 성문이 열린 곳에 장수들을 태운 말들이 한 줄로 늘어섰을 때, 소호가 큰소리로 외쳤다.

"전장傳將은 진격하고 주장主將은 진영문 앞에서 대기하라!"

또한 숭후호 측의 정탐병이 진영에 급보를 전하자, 숭후호가 명을 내려 군대를 다시 점검케 했다. 병영 앞에 세워둔 깃발 사이로 숭후호가 소요마逍遙馬를 타고 여러 장수를 통솔하면서 진영을 나서는 모습이 보였다. 용과 봉황을 수놓은 두 개의 깃발이 펼쳐져 있었다. 뒤에는 그의 장자 숭응표崇應彪가 전방을 제압하고 있었다.

비봉飛鳳투구를 쓴 숭후호가 황금갑옷을 걸치고 커다란 붉은 도포에 붉은 준마를 타고 있는 모습이 보였다. 소호는 말 위에서 몸을 굽히면서 말했다.

"현후賢侯께서는 평안하셨습니까? 소생은 갑옷과 투구 탓에 온전한 예를 드릴 수가 없습니다. 근자에 천자께서는 무도해지시더니 어진이를 경시하고 여색을 중시하게 되셨소. 따라서 나라의 근본에 뜻을 두어 헤아리지 않습니다. 아첨하는 무리의 말만 믿고 신하의 딸을 예법에도 어긋나면서까지 강제로 후궁으로 삼아 급기야 주색에 방탕하려 하시니 이를 어찌하면 좋겠습니까? 머지않아 천하가 혼란에 빠질 것은 불 보듯 뻔하니 세상은 안팎으로 어지러워질 것입니다. 소생은 다만 변경 지키는 일에만 진력하렵니다. 그런데 현후께서는 무슨 연고로 이렇듯 기주까지 군사를 일으켰습니까?"

숭후호가 이 말을 듣자 대노하여 말했다.

"그대는 천자의 어지를 거역하고 궐문에 반역시를 쓴 적신이니 그 죄는 용서받지 못하리라. 지금 내가 조서를 받들어 죄를 물으니 마땅히 군영 앞에 엎드려 사죄해야 그나마 죄가 감해질 터인데도 오히려 간교한 말로 얼버무리며 병기와 갑옷으로 그 강포함을 돋보이려 하는가!"

숭후호가 좌우를 돌아보며 말했다.

"누가 나에게 저 역적을 묶어다 주겠느냐?"

말이 끝나기도 전에 왼쪽에서 한 장수가 나섰다. 그는 봉황날개 투구를 쓰고 황금갑옷을 입고 있었다. 커다란 붉은 도포에 사자혁대가 두드러지고 푸른 갈기 청총마靑驄馬는 단숨에 십 리라도 갈 듯했다. 그는 큰소리로 말했다.

"소장이 저 역적을 잡아올 터이니 잠시 기다리소서!"

이윽고 사람과 말이 군진 앞으로 나섰다. 이를 보자 소호의 아들 소전충이 진영을 빠져나오며 삼지창을 휘둘렀다.

"적졸은 내 칼을 기다려라!"

소전충은 그가 숭후호의 부장 매무梅武라는 것을 알았다. 매무가 말했다.

"소전충! 너희 부자가 반역하여 천자께 죄를 지었는데도 오히려 무기를 들고 천자의 군대에 항거하려 하니, 멸족의 화를 자초하는구나."

소전충이 말에 박차를 가해 창을 휘두르며 매무의

가슴을 향하여 찔러들었다. 그러자 매무는 손에 든 도끼로 내리치며 대응했다.

그렇게 싸우기를 몇 합이나 했는지 몰랐다. 도끼가 날아들면 창으로 가로막아 몸 주위에 한 점 봉황이 머리를 흔드는 듯하고, 창을 빼면 도끼가 쫓아가 얼굴과 정수리를 벗어나지 않았다.

두 말이 서로 뒤엉켜 2십여 합이나 맞붙는 동안, 마침내 힘이 다한 매무가 소전충의 창에 찔려 말에서 거꾸러졌다.

소호는 아들이 승리한 것을 보고 북을 울리라고 명했다. 기주진영의 대장 조병趙丙과 진계정陳季貞이 말을 몰아 칼을 휘두르면서 적진을 향해 돌격했다. 한바탕 함성이 일자 음산한 구름이 물러가고 떠오른 해가 휘황찬란한데, 죽은 시체가 온 들판에 널려 있고 흐르는 피가 도랑을 이뤘다. 숭후호 휘하의 금규金葵·황원제黃元濟·숭응표가 맞서 싸웠으나 계속 밀려 결국 10리 밖까지 패주하고 말았다.

"징을 울려 군대를 철수하라."

소호는 군사들을 성 안으로 물렸다. 그는 전각에 올라 첫 전투에 공을 세운 여러 장수들에게 좋은 말로 위로하면서 말했다.

"오늘은 비록 적진을 대파했지만 숭후호가 반드시 군대를 가다듬어 다시 공격해 올 것이오. 그렇지 않으면 구원군과 장수를 청할 것이니 어찌 우리 기주가 편할 수 있겠소. 일은 이제야 시작이니 장차 이 일을 어찌하면 좋단 말인가!"

말이 끝나기도 전에 부장 조병이 앞으로 나서며 말했다.

"오늘 비록 쉽게 승리했으나 전쟁은 이제부터 어려워질 듯합니다. 전날에는 반역시를 쓰시고 오늘은 천자의 병사들을 죽이고 장수를 목 베는 등 왕명을 거역했으니 이는 모두 용서받지 못할 죄입니다. 하물며 천하의 제후는 숭후호 한 사람만이 아닌지라 만약에 진노한 조정에서 다시 몇 진의 군대를 파병한다면, 기주는 조그만 땅에 불과하므로 위험지경의 앞날이 불 보듯 뻔합니다. 그러나 피할 수 없는 일입니다. 소장의 짧은 소견으로는 숭후호는 갓 패하여 불과 십 리 밖으로도 못 갔을 터이니 그들이 정비되지 않은 이 틈을 타야 된다는 생각입니다. 병사들에게 하무를 물리고 말고삐를 벗겨 소리 나지 않게 하고서 적진을 급습한다면 아군의 대승은 어렵지 않을 일입니다. 바야흐로 우리의 강함을 알려 기선을 잡는다면 상대를 대하기도 그리 어렵지 않을 것입니다. 그런 연후에 어느 진의 제후가 저들과 합류하는지를 살피고 나서 우리의 진퇴를 결정한다면 승세를 굳힐 수 있고 가문 또한 보전할 수 있을 것입니다."

소호가 이 말을 듣고 크게 기뻐하여 말했다

"장군의 말씀이 훌륭하오. 정녕 나의 뜻에 부합하오."

즉시 명을 내려 아들 소전충으로 하여금 3천 명의 병마를 이끌고 가서 서문 밖 십 리에 있는 오강진五崗鎭에 매복하라 했다. 소전충이 명을 받들어 떠났다. 진계정은 좌군을, 조병은 우군을 통솔했으며 소호는 스스로 중군을 이끌었다.

때마침 황혼이 되어 군영의 큰 깃발이 내려지고 북소리도 잦아들었다. 그러나 병사들은 모두 입에 하무를 물고 말은 모두 고삐를 벗긴 채 숨을 죽이고서 포성을 신호로 삼아 명령을 기다리고 있었다.

한편 숭후호는 매우 큰 수치를 느꼈다. 그는 패잔병들을 모아 겨우 임시군영을 마련했으나, 여전히 마음이 불안하고 답답했다. 그는 여러 장수들에게 말했다.

"내가 스스로 군대를 거느리고 수년간 정벌에 나서 싸웠으나 일찍이 이토록 패한 적이 없었는데, 오늘 매무장군이 죽고 삼군을 잃는 참패를 당했으니 이를 어찌하면 좋겠는가?"

옆에서 대장 황원제가 간언했다.

"군후께서는 어찌 승패가 병가지상사라는 말을 잊으셨습니까? 생각건대 서백후의 대군이 머지않아 도착할 것이니 기주를 격파하는 것은 손바닥을 뒤집는 것처럼 쉬울 것입니다. 군후께서는 근심을 거두고 마땅히 옥체를 보중해야 합니다."

숭후호는 그 말에 위로가 되어 군영에 작은 술자리를 베풀고, 여러 장수들의 사기를 진작시켜 주었다. 또한 병사들에게도 술을 주어 마시도록 했다.

한편 소호의 병사들은 초저녁에 이미 십 리 밖까지 잠행해 있었다. 정탐병이 보고하자 소호가 즉시 명을 내려 신호포를 쏘게 했다.

천지가 무너지는 듯한 포성이 울리자 3천의 철기병이 일제히 함성을 지르면서 적진을 향해 돌격해 들어갔다. 그 막강함을 어찌 당해내겠는가! 더구나 한 잔 술을 마신 터라 장병들은 피아조차 구분하기 힘들었다.

소호의 병사들이 저마다 용감하게 선봉을 다투어, 한 번의 돌진함성에 7층의 보루가 격파되고 급조한 성채가 무너져 내렸다. 당황한 숭후호의 병사들은 미처 투구와 갑옷도 챙기지 못한 채 달아나기에 바빴다.

단기필마로 창을 꼬나든 소호가 숭후호를 잡으려고 적진으로 돌격해 들어갔다. 좌우군영에서 함성이 천지를 진동했다.

이때 숭후호는 잠자리에 들었다가 함성소리를 듣고 벌떡 자리에서 일어났다. 도포조차 걸치는 둥 마는 둥 그는 말에 올라 칼을 뽑아들며 장막을 박차고 나갔다. 등불 아래 아스라이 소호의 그림자가 보였다. 황금투구와 갑옷에 허리에 두른 옥혁대, 커다란 은빛 도포를 걸치고 있었다.

청총마를 휘몰며 화룡창火龍鎗을 비껴든 소호가 큰소리로 외쳤다.

"군후는 도망치지 말라! 속히 말에서 내려 결박을 받는 게 그대가 할 일이니라!"

소호는 비껴든 창을 숭후호의 심장을 향해 내질렀다. 숭후호가 몸을 비키면서 소호의 얼굴을 향해 칼을 내리쳤다.

두 장수가 한창 접전하고 있을 때, 숭후호의 장자 숭응표가 금규와 황원제의 호위를 받으며 달려와 싸움에 끼어들었다.

그때 숭후호 진영의 왼쪽 식량보급로에서 조병이 돌

진했으며 오른쪽 식량보급로에서 진계정이 돌진했다.

두 진영의 격전은 그렇게 밤이 새도록 계속되었다. 그렇지만 승부는 이미 결판나 있었다. 전투는 치열했지만 계책을 세워 만전의 준비를 다한 소호에 비해 숭후호는 전혀 방비가 없었으므로 기주군은 1당 10의 용사가 되어 있었다. 그 서슬에 장수 금규도 조병의 칼에 찔려 말에서 거꾸러졌다.

숭후호는 형세가 더 이상 지탱할 수 없음을 알고 말을 돌려 도망쳤다. 큰아들 숭응표가 아버지를 보호하며 길을 열었다. 그러나 그 모양이 흡사 초상집 개나 그물을 빠져나가려는 물고기처럼 비참하기 이를 데 없었다.

소호의 기주군은 용맹스럽게 미쳐 빠져나가지 못한 숭후호의 패잔병들을 응징했다. 그들은 사납기가 맹호 같았고 질기기가 승냥이였다. 그들이 죽인 병사들의 시체가 들판에 가득했고 흐르는 피가 도랑에 가득했다.

밤은 더욱 깊어져 갔다. 황급히 도주하던 숭후호는 이제 어느 길로 가야 할지를 몰랐다. 오로지 목숨보전만이 시급한 문제였다.

숭후호의 패잔병을 20여 리까지 추격하던 소호는 징을 쳐 회군을 명했다. 완전한 승리를 거둔 소호의 기주군이었다.

숭후호 부자는 남은 군사를 이끌고 이리저리 앞만 보고 허겁지겁 도주했는데, 황원제와 손자우孫子羽가 뒤에 처진 군병들을 재촉하여 뒤따르는 것이 보였다. 숭후호가 말 위에서 여러 장수들에게 외쳤다.

"내가 군대를 거느린 이래 일찍이 이토록 대패한 적이 없었는데, 오늘은 역적에게 진영을 급습당하여 수많은 병졸과 장수를 잃고 말았다. 이 원한을 어찌 갚으랴! 생각건대 서백후 희창은 스스로 안위만을 취할 뿐 어지를 어긴 채 출병하지 않았다. 기회나 엿보며 성패를 관망하는 희창이 진정 원망스럽도다!"

장자 숭응표가 대답했다.

"군병이 이미 패하여 예기가 꺾였으니, 행군을 잠시 멈춰야 합니다. 한 사람을 파견하여 서백후가 지원하도록 재촉한 뒤 다시 결정하는 것이 차라리 낫겠습니다."

"아들의 뜻이 진정 옳도다. 날이 밝으면 군대를 수습하여 다시 상의토록 하자."

말이 채 끝나기도 전에 한 차례의 포성이 하늘까지 진동시키더니 우렁찬 호령소리가 들려왔다.

"숭후호는 속히 말에서 내려 죽음을 받으라!"

숭후호 부자와 여러 장수들이 황급히 쳐다보니 젊은

장수 한 사람이 보였다. 머리를 묶어 금관을 썼으며 이마에는 황금 띠를 두르고 한 쌍의 꿩깃털을 꽂아 흔들거렸다. 커다란 붉은 도포에 황금갑옷을 걸친 그는 은합마銀合馬를 타고 화간극畵杆戟을 들었는데, 얼굴은 보름달 같고 입술은 주사硃砂를 칠해 놓은 듯했다.

그는 바로 미리 잠복해 있던 소전충이었다. 소전충이 매서운 목소리로 꾸짖었다.

"숭후호! 나는 부친의 명을 받들고 여기에서 그대를 기다린 지 오래다. 속히 무기를 버리고 창을 받으라! 아직도 말에서 내리지 않고 다시 어느 때를 기다리느냐!"

숭후호가 크게 꾸짖어 말했다.

"맹랑한 애송이! 너희 부자가 모반하여 조정의 명을 받은 관리들을 죽이고 천자의 군마를 살상했으니 그 죄가 산만큼 쌓였다. 너의 시체를 마디마디 토막내더라도 그 죄를 씻기에 부족할 것이다. 우연히 한밤중에 간사한 계책이 들어맞았다고 감히 위세를 부리고 날뛰면서 뻔뻔스럽게 큰소리를 치지만, 하루도 못되어 천자의 군대가 도착하면 너희 부자는 죽어서 장사지낼 땅조차 없게 될 것이다. 듣거라! 누가 나에게 저 역적놈의 목을 가져다주겠느냐?"

황원제가 말을 몰아 칼을 휘두르면서 곧장 소전충에

게 달려들었다. 소전충은 은빛 찬란한 삼지창으로 대적했다. 두 말이 교차하며 한바탕 큰 싸움이 벌어졌다.

두 장수의 접전은 격렬했으나 승부는 쉽사리 나지 않았다. 이를 보던 손자우가 말을 몰아 삼지창을 휘두르면서 달려들었다. 그리하여 황원제와 손자우 두 장수가 소전충 한 사람을 놓고 싸우게 되었다. 그렇지만 어찌 소전충의 용맹을 당하겠는가?

소전충이 한바탕 큰소리를 내지르면서 창을 찌르자 손자우가 말에서 거꾸러졌다. 그 틈에 소전충은 맹렬히 숭후호에게 돌진했다. 이에 숭후호 부자가 함께 소전충과 맞서는 형세가 되었다.

소전충은 흡사 바람을 탄 맹호처럼, 바다를 뒤흔드는 교룡처럼 신비한 위력을 떨치면서 세 장수와 맞서 싸웠다. 한창 접전하는 사이에 소전충이 빈틈을 타서 한 창에 숭후호의 다리 보호철갑 한 쪽을 낚아서 떨어뜨렸다. 크게 놀란 숭후호가 힘껏 말을 몰아 접전지 밖으로 뛰쳐나갔다.

숭응표는 부친이 패주하는 것을 보자 마음이 조급하고 당황하여 어쩔 줄 몰랐다. 이때를 노려 소전충의 창이 숭응표의 가슴을 향했다. 숭응표가 급히 피했으나 창 끝은 이미 왼쪽 어깨에 깊이 박혀버렸다.

피가 도포와 갑옷에 흥건한 채 숭응표는 아찔아찔 말에서 떨어질 듯했다. 이를 본 여러 장수들이 황급히 나아가 숭응표를 구해냈다. 그들은 다시 앞만 보며 도주하기에 여념이 없었다.

소전충은 그들을 뒤쫓으려 했으나 밤이 너무 어두웠으므로 불의의 일이 걱정되었다. 그는 병사들을 정돈한 뒤 철수하여 성으로 돌아왔다. 소호는 장자를 전전前殿에 이르게 하여 물었다.

"그 도적을 잡아왔느냐?"

소전충이 대답했다.

"아버님의 명을 받들어 오강진에 매복해 있다가 한밤에 이르러 패잔병을 보게 되었습니다. 그들이 당도하자 소자는 용맹스럽게 싸워 손자우를 찔러 죽이고 숭후호의 다리보호 철갑을 벗겨냈습니다. 왼쪽 어깨를 다친 숭응표는 거의 말에서 떨어질 뻔했으나 그쪽 장수들의 보호를 받아 도망쳤습니다. 깜깜한 밤인지라 감히 경솔하게 추격할 수 없어 철군을 지시했습니다."

소호가 크게 기뻐하며 말했다.

"이제 능구렁이 그 늙은 도적은 끝장이로다! 아들은 편히 쉬도록 하라."

소전충이 이에 예를 갖추고 물러갔다.

姬昌解圍進妲己

희창이 기주성의 포위를 풀고 달기를 바치게 하다

한편 숭후호 부자는 부상을 입은 채 밤새껏 말을 달렸는데 그 궁색함이 말이 아니었다. 급히 패잔병을 헤아려 보니 10정停[군대단위] 중에 1정 인원만이 남았으며 그나마 거개가 중상을 입은 상태였다. 숭후호는 낙심함을 이기지 못했다. 이때 황원제가 앞으로 나와 말했다.

"군후께서는 어찌하여 탄식하십니까? '승패는 전쟁에서 늘 있는 일'이라 했습니다. 어젯밤에는 우연히 방비하지 못했다가 간계에 걸려들었을 뿐입니다. 군후께서는 이제 남은 병사만으로 잠시 견디시다가, 원군을 재촉하는 문서를 서기西岐로 보내 서백西伯에게 속히 군대를 파병토록 재촉하십시오. 그들이 당도하면 곧 상황을 반전시킬 수 있습니다. 우선 군사는 증강되어 서로 도울 수 있을 것이고, 오늘의 원한을 복수할 수 있습니다. 군후의 뜻은 어떠하신지요?"

숭후호가 이를 듣고 속으로 중얼거렸다.

"희백이 군대를 파병하지 않은 채 앉아서 성패를 관망하고 있는데, 내가 지금 다시 그를 재촉한다면 도리어 그에게 성지聖旨를 거역했다는 죄명을 씌우는 게 아닐까?"

한참 이런저런 궁리를 하고 있을 때 문득 앞쪽에서 한 무리 병마가 몰려오는 소리가 들렸다. 이미 크게 당한 전력이 있는지라 어느 곳 군대인지를 헤아리기도 전에 숭후호의 가슴은 철렁 내려앉았다. 정신은 아득하고 넋은 나가는 듯했다.

마음을 다잡고 급히 말에 오른 뒤 앞을 살펴보니 두 개의 깃발 사이로 한 장수가 보였는데, 얼굴은 솥바닥 같았고, 붉은 수염에 두 줄기 흰 눈썹과 황금으로 도금한 듯한 눈을 하고 있었다. 머리에는 구운열염비수관九雲烈焰飛獸冠을 쓰고, 몸에는 쇄자연환갑鎖子連環甲과 대홍포大紅袍를 입었으며, 허리에는 백옥띠를 둘렀다. 화안금정수火眼金睛獸를 타고, 두 자루 담금부湛金斧 도끼를 들고 있었다.

그는 바로 숭후호의 동생인 조주후曹州侯 숭흑호崇黑虎였다. 숭후호는 친동생인 숭흑호라는 것을 알고 나자 비로소 마음이 놓였다. 숭흑호가 말했다.

"큰형님께서 패전했다는 소식에 서둘러 도우러 왔는데, 뜻밖에 여기에서 만나게 되니 천행입니다."

숭응표가 말 위에서 몸을 숙이면서 감사의 뜻을 표했다.

"숙부님! 먼 길을 오시느라 수고하셨습니다."

숭흑호가 말했다.

"소제가 여기에 온 것은 장형과 군대를 합하여 다시 기주로 가기 위함이니 동생이 당연히 해야 할 일입니다."

그리하여 두 군대가 하나로 합류했다. 숭흑호의 군대는 3천 명의 비호병飛虎兵이 앞장서고 나머지 2만의 군사가 뒤따랐다.

대군이 다시 기주성 아래에 이르러 진영을 펼치고 나자 조주병사들이 앞장서서 함성을 지르며 싸움을 걸었다. 기주의 정탐병이 소호에게 급보를 전했다.

"지금 조주 숭흑호의 군대가 성 아래에 이르렀으니 군후께서 어찌할지를 하명하소서."

소호는 급보를 듣더니 짐짓 머리를 숙인 채 한동안 말이 없다가 조용히 말했다.

"숭흑호는 무예에 정통하고 심오한 이치를 깨닫고 있는 사람이라 성 안 어떤 장수도 그의 적수가 되지 못할 터이니 어찌하면 좋단 말인가?"

여러 장수들이 소호의 말을 듣고 대답할 바를 몰랐는데, 오직 장자 소전충만이 앞으로 나서서 말했다.

"'적군이 공격해 오면 장수가 막고 큰물이 밀려들면 흙으로 막는다' 했는데, 일개 숭흑호를 어찌 두려워하십니까?"

소호가 말했다.

"너는 아직 어려서 전후사정을 몰라 스스로 용맹스러움만 자부하고 있구나. 숭흑호는 일찍이 도술을 전수받아, 백만대군 속에서 상장上將의 목을 베는 것을 자루 속에서 물건을 꺼내듯 하였는데, 그런 얘기를 너는 듣지 못했느냐? 경솔하게 얕잡아 봐서는 안된다."

소전충이 크게 소리치며 말했다.

"부친께서는 그의 예기를 칭찬함으로써 스스로의 위엄을 손상시키고 계십니다. 소자가 나가 숭흑호를 사로잡아 오지 못하면, 맹세코 돌아와 부친을 뵙지 않을 것입니다."

소호가 말했다.

"너는 패하여 후회할 일을 만들지 말라."

그렇지만 혈기가 충천한 나이의 소전충이 어찌 참으려 하겠는가? 게다가 그는 이미 한 차례의 대승을 거두지 않았던가? 소전충은 부친 소호의 만류를 뿌리치며 훌쩍 몸을 날려 말에 올랐다. 그런 다음 성문을 열어젖히고 단신으로 뛰어나가 매서운 목소리로 소리쳤다.

"척후병! 나의 전갈을 본영에 전하여 숭흑호에게 나와 얘기하잔다고 알려라!"

푸른 깃발의 척후병이 두 주장에게 황급히 보고했다.

"밖에서 소전충이 싸움을 청합니다."

숭흑호가 마음속으로 기뻐하면서 중얼거렸다.

'내가 여기에 달려온 것은 장형의 패배에 복수하고 소호의 포위를 풀어주어 우리 가문의 영예를 되찾기 위함이고 형제간의 우의를 온전하게 하기 위함이다.'

숭흑호가 좌우에 명하여 말을 준비케 하고 즉시 몸을 날려 군진 앞으로 나갔더니, 소전충이 말 위에서 한껏 무위武威를 뽐내고 있었다. 숭흑호가 말했다.

"어진 조카 전충아! 돌아가 너의 부친께 나오시라 해라. 내가 너의 부친과 직접 얘기할 것이 있느니라."

소전충은 나이가 어려서 전후사정을 잘 알지 못했다. 게다가 숭흑호가 용맹스럽다고 한 부친의 말을 들었는지라 어찌 사내로서 그냥 돌아가려 했겠는가? 이에 큰소리로 말했다.

"숭흑호! 나와 장군은 이미 적이 되었으니 나의 부친께서 또한 장군과 친분을 논하시겠소? 속히 무기를 버리고 퇴각하여 한 목숨을 보전하시라!"

숭흑호가 대노하여 말했다.

"어린것이 어찌 이리도 무례하더란 말이냐!"

그리고는 곧장 담금부 도끼를 들어 소전충의 얼굴을 향해 내리쳤다. 그러자 소전충이 급히 손에 든 창으로 가로막았다. 두 말이 서로 접전하여 한바탕 격전이 벌어졌다. 그렇지만 혈기만 앞세운 소전충은 숭흑호가 어린 나이에 절교截敎의 진인眞人을 만났던 사실을 모르고 있었다.

진인이란 도가에서 도의 원리를 깨달은 사람을 말한다. 그런 숭흑호는 호로박 하나를 등 뒤에 매달고 다니면서 무한한 신통력을 부릴 수 있었던 것이다.

소전충은 다만 스스로의 용맹만을 믿었고, 또한 숭흑호가 짤막한 도끼를 무기로 들고 있는 것을 보았으므로 상대를 가볍게 여겨 안하무인이 되어갔다.

과연 그런 소전충의 창술은 놀라웠다. 자고로 창술에는 날카로움과 무딤이 있으며 아홉에 아홉을 곱한 81종의 진보법進步法과 72종의 개문법開門法이 있는데, 솟구침[騰]·자리이동[挪]·피함[閃]·눈속임[賺]·느림[遲]·빠름[速]·

거둬들임[吸]·놓아줌[放] 등이다.

소전충은 평소에 갈고 닦은 창술을 마음껏 발휘하며 숭흑호를 매섭게 몰아붙였다. 소전충이 이렇게 필사의 기력을 쏟아 돌격하자 숭흑호는 온몸에 식은땀이 흘렀다. 숭흑호가 속으로 감탄했다.

'소호에게 이 같은 아들이 있다니! 가히 훌륭한 아이라 할 만하다. 진정 장수집안에는 씨가 따로 있도다!'

숭흑호가 도끼를 한 번 휘두르더니 못 이기겠다는 듯 말을 몰아 곧장 도망쳤다. 이것을 바라보던 소전충이 말 위에서 허리가 휘어지도록 한바탕 웃으면서 생각했다.

'부친의 말씀을 들었더라면 결국 실수할 뻔했군. 맹세코 이놈의 목을 베어 내 아버님의 입을 막으리라.'

어찌 그냥 놔두겠는가? 소전충은 말을 몰아 다급하게 추격했다. 빨리 도망하면 빨리 추격하고 속도를 늦추면 늦게 추격했다. 소전충은 오로지 공을 생각하며 한참을 뒤쫓았다.

숭흑호는 뒤에서 쇠방울 소리가 들려 고개를 돌리니 소전충이 가까이까지 쫓아와 있었다.

숭흑호는 황급히 등 뒤에 매달려 있는 붉은 호로박 뚜껑을 열고 중얼중얼 주문을 외었다. 금세 호로박 안에서 한 줄기 검은 연기가 피어오르더니 그물 모습으로 변했다. 또 크고 작은 검은 연기 속에서 끼르륵 끼익하는 소리가 들리더니 하늘의 태양을 가린 채 날아왔다. 이것이 바로 철취신응鐵嘴神鷹 송골매로 여러 마리가 그물이 되어 입을 크게 벌린 채 소전충의 얼굴을 향해 들씌워 왔다.

소전충은 단지 말 위의 영웅에 불과했다. 어찌 숭흑호의 도술을 알 수 있겠는가? 급히 창을 휘두르며 얼굴을 보호했다. 그러나 타고 있던 말이 이미 송골매에게 눈을 쪼여 갑자기 뛰어오르는 바람에, 소전충의 황금관은 땅에 떨어지고 말 갑옷은 안장에서 굴러떨어졌다.

소전충은 마침내 말 위에서 거꾸러졌다. 숭흑호가 "잡아오라!"고 명하자, 한 무리의 군사가 달려들어 소전충의 두 팔을 꽁꽁 묶어버렸다. 숭흑호는 승전고를 울리며 진영으로 돌아왔다. 척후병이 숭후호에게 보고했다.

"작은 군후께서 승리하여 역적 소전충을 생포했습니다. 지금 돌아오셔서 군문에서 하명을 기다리십니다."

숭후호가 "들라!" 하고 명하자, 숭흑호가 장막 안으로 들어와 형에게 보고했다.

"장형! 아우가 소전충을 사로잡아 이미 군문에 대령해 놓았습니다."

숭후호는 기쁨을 이기지 못했다.

잠시 뒤 소전충이 장막 앞에 끌려왔다. 소전충이 무릎을 꿇지 않자 숭후호가 크게 꾸짖어 말했다.

 "이 역적놈! 지금 이미 사로잡혔으니 무슨 할 말이 있겠느냐? 그런데도 감히 뻔뻔하고 무례하도다! 전날 밤 오강진에서는 그다지도 영웅스럽더니 오늘은 그 죄로 마침내 업보를 받았구나. 끌고 나가 참수하여 여러 군사들에게 전시하라!"

 소전충이 매서운 목소리로 크게 꾸짖어 말했다.

 "죽이려면 곧장 죽일 것이지 어찌 이처럼 위세를 부리느냐! 나 소전충은 죽음을 새털처럼 가볍게 여기지만, 다만 너희들 간사한 역적들이 성총을 미혹하고 만백성을 도탄에 빠트려 성탕의 왕업이 네놈들에 의하여 끊어지게 된 것을 참지 못하겠다. 다만 살아서 네놈들의 살점을 씹을 수 없음이 한탄스러울 뿐이다!"

 숭후호가 대노하여 꾸짖었다.

 "젖비린내 나는 애송이놈! 이미 사로잡힌 몸인데도 아직도 감히 혓바닥을 놀리는구나!"

 그리고는 곧장 명을 내렸다.

 "끌고 나가 이놈의 목을 자르라는 데도 어찌 시행하지 않느냐!"

 바야흐로 형 집행이 있으려 할 때 돌연히 숭흑호가

말했다.

"장형께서는 잠시 진노를 거두십시오. 사로잡힌 소전충은 참수해야 마땅하지만, 그들 부자는 모두 조정에 죄지은 관리이므로 받은 어지에 따라 그들을 조가로 데려가 국법으로 다스려야 할 것입니다. 또한 소호의 용모가 아름다운 딸 달기가 어찌어찌하여 천자께서 아끼는 마음이 다시 들어 하루아침에 그들의 죄를 용서한다면, 소전충을 살려두어야만 우리에게 죄가 돌아오지 않을 것입니다. 소전충을 죽인다는 것은 공이 있는 듯하지만 사실은 공이 없습니다. 또한 서백 희창이 아직 당도하지 않았는데 무엇 때문에 우리 형제가 굳이 그 허물을 모두 뒤집어쓰겠습니까? 그러니 차라리 소전충을 후영後營에 잠시 가둬두었다가 기주를 격파하고 소호일족을 사로잡은 뒤에 조가로 끌고 가서 어지의 결정을 청하는 것이 상책일 줄 압니다."

숭후호가 말했다.

"어진 동생의 말이 매우 훌륭하도다. 모름지기 이 역적을 잘 가두어두라."

한편 기주의 척후병이 소호에게 보고했다.

"큰공자께서 싸우다 붙잡혀 갔습니다."

소호는 그다지 놀라지도 않은 표정으로 말했다.

"그럴 줄 알았다. 그놈이 아비 말을 듣지 않고 제 힘만을 믿다가 사로잡혔으니 당연한 일이다. 내가 한 차례 호걸이 되었지만, 지금 자식은 사로잡혀 가고 강적이 밀려왔으니 기주는 머지않아 다른 사람의 손에 넘어가고 말 것이다. 이를 어찌하면 좋단 말인가! 어리석은 임금이 간신의 아첨을 믿게 되어 나의 일족이 화를 당하고 백성들은 재앙을 만나게 되었구나. 이는 모두 내가 못난 딸을 두었기 때문이다. 만약 이후 이 성이 격파되어 나와 사내자식들은 죽음을 받고 처와 딸이 조가로 잡혀가 뭇 사람들 앞에 얼굴을 드러낸 채 무참하게 희롱거리가 된다면, 세상의 제후들이 나의 일생을 비웃을 것이다. 그럴 바에야 차라리 처와 딸을 먼저 죽인 연후에 내 스스로 목숨을 끊으리라. 그리되면 아마도 장부로서 해야 할 바를 잃지 않게 될 것이다."

한참을 고민하다가 소호는 드디어 칼을 들고 후원으로 달려갔다. 달기가 얼굴 가득히 미소를 띤 채 붉은 입술을 벌려 말했다.

"아버님! 무슨 일로 칼을 빼어들고 오십니까?"

소호는 달기를 바라보았다.

'내가 낳은 천금 같은 딸, 어찌 칼로써 난자질할 수

있겠는가!'

 소호는 자기도 모르게 눈물을 머금고 고개를 숙이며 말했다.

 "이 못난 것아! 너로 인해 오라비가 잡혀갔고 온 성이 핍박받게 되었다. 어디 그뿐이냐? 부모는 죽임을 당하고, 사당은 다른 자의 손에 넘어가게 되었으니, 너 하나가 생겨남으로 해서 소씨일족이 멸족하게 되었구나!"

 한창 이렇게 탄식하고 있을 때 좌우 장수들이 운판雲板을 치며 아뢰었다.

 "군후께서는 전상에 오르소서. 숭흑호가 싸움을 청합니다."

 소호가 명했다.

 "각 성문을 엄중히 방비하여 공격에 대비하라!"

 숭흑호에게는 도술이 있는데 누가 감히 대적하겠는가? 소호는 다만 여러 장수들에게 성가퀴에 석궁을 설치하고 신호포와 잿병과 통나무 등을 배치하라는 명을 내릴 뿐이었다.

 성 아래에 있던 숭흑호는 가만히 속으로 생각했다.

 '소호 형! 당신이 나와서 나와 대면하기만 하면 곧 병사를 물리칠 수 있는데, 무엇이 두려워 출전하지 않는 것이오?'

그러나 아무리 기다려도 소호 쪽에서는 반응이 없었다. 하는 수없이 숭흑호는 잠시 철수하여 장막으로 들어가 아뢰었다.

"소호가 성문을 닫고 나오지 않습니다."

그러자 숭후호가 말했다.

"운제雲梯를 설치하여 공격하도록 하자."

운제는 성곽을 공격할 때 사용하는 높은 사다리다. 숭흑호가 말했다.

"헛되이 힘을 낭비할 필요가 없습니다. 지금 보급로를 차단하여 성 안 백성들이 식량이 떨어진다면 이 성은 공격하지 않아도 저절로 무너질 것입니다. 장형께서는 편안히 지내면서 서백후가 오기를 기다렸다가 다시 상의하십시오."

듣고 보니 좋은 계책인지라 숭후호는 그대로 따랐다.

한편 기주성 안에서는 펼쳐볼 만한 한 가지 계책도 없었다. 소호가 생각하기로 오직 투항하는 길만이 남아 있을 뿐이니 그야말로 손을 묶인 채 죽기만을 기다리는 꼴이었다. 한창 근심으로 애태우고 있을 때 문득 전갈이 왔다.

"독량관 정륜鄭倫이 하명을 기다립니다."

독량관督糧官은 양곡을 책임지는 관리를 말한다. 소호가 탄식하며 중얼거렸다.

'이제는 곡식이 온다 해도 어찌 도움이 되겠는가?'

그러나 보고는 받지 않을 수 없었다. 급히 "들어오게 하라"라고 외치자, 정륜이 전상 아래에 이르러 몸을 굽혀 절을 하며 말했다.

"소장이 오는 도중에 '군후께서 상나라에 반역하여 숭후호가 어지를 받들고 토벌에 나섰다'는 소문을 들었는데, 이로 인해 소장은 마음속으로 걱정이 가득하여 밤을 도와 달려왔습니다. 군후의 승패가 어떠하신지 모르고 있습니다."

소호가 말했다.

"지난번 상나라에 조회하러 갔을 때 어리석은 임금이 간신들의 참언을 들었던지 내 딸을 후궁으로 삼으려 하는구나. 내가 바른말로 간하다가 거역하게 되어 곧장 죄를 문초받게 되었다네. 그런데 뜻밖에 비중과 우혼 두 인간이 계략을 써서 나를 사면하고 귀국케 함으로써 나에게 스스로 딸을 바치도록 했다네. 나는 화가 치밀어 당장에 반역의 시를 썼고, 이 때문에 천자가 숭후호에게 나를 정벌하라 명했다네. 내가 그의 두세 진영을 연이어 격파하여 병사와 장수를 죽이고 큰 승리를 거두었네. 그런데 뜻밖에 조주의 숭흑호가 내 아들 전충을 잡아갔구면. 우리는 그의 적수가 되지 못한다고 생각하네. 그는 술수를 부리는 사람이거든."

짐짓 정륜의 손을 다시 잡으며 소호가 말을 이었다.

"지금 천하의 제후가 8백이나 되지만 나 소호는 어느 곳으로 가서 몸을 의탁해야 할지 모르겠네. 스스로 꾀한 일이니 차라리 먼저 부인과 딸을 죽이고 난 연후에 나도 스스로 목숨을 끊어 후세사람들에게 비웃음을 받지 않게 하는 것이 나을 것 같네."

말을 끝내고 한동안 마음을 다스리던 소호가 여러 장수들을 향해 말했다.

"그대 여러 장수들은 행장을 꾸려 뜻에 따라 자립하도록 하시오."

소호는 말을 마치자 슬픔에 흐르는 눈물을 가누지 못했다. 정륜이 모두 듣고 큰소리로 꾸짖듯 말했다.

"군후께서는 오늘 취하셨습니까? 아니면 무엇에 홀리기라도 하셨습니까? 무엇 때문에 차마 입에 담지 못할 말씀을 하십니까? 천하의 제후 중에 이름있는 서백 희창, 동로東魯 강환초姜桓楚, 남백 악숭우顎崇禹와 8백 진의 모든 제후들이 한꺼번에 기주로 쳐들어온다 해도 나 정륜은 눈 하나 깜짝하지 않을 것입니다. 무엇 때문에 스스로를 비하하심이 이와 같습니까? 소장은 어려서부터 군후를 모시면서 군후의 이끌어주심을 삼가 받고 옥대를 허리에 차고 관리가 되었으니, 소장이 노둔한 재주나마 최선을 다해 견마의 힘을 다 바치고자 합니다."

소호가 정륜의 말을 듣고 여러 장수에게 말했다.

"이 사람이 식량을 가져오는 길에서 요괴라도 만나 홀렸는지 말을 함부로 하고 있소. 천하에 8백 진 제후만이 있는 것이 아니지 않는가? 그 중에서도 이 숭흑호란 사람은 일찍이 도인에게 배워 전수받은 도술은 귀신조차도 모두 놀라게 한다더군. 또한 가슴속에 품은 병법은 1만 사람이 대적하지 못하는데, 그대는 어찌하여 내 말을 가볍게 여기는가?"

다 듣고 난 정륜은 칼을 움켜잡고 큰소리로 말했다.

"군후께서 기다리고 계시는 동안 소장이 숭흑호를 사로잡아 와서 대령시키지 못하면, 어깨 위에 달린 이 머리를 잘라 여러 장군들 앞에 바치겠습니다!"

정륜은 말을 마치자 명령도 듣지 않은 채 몸을 돌려 장막을 나섰다. 항마저降魔杵 두 자루를 들고 화안금정수火眼金睛獸에 올라 성문을 열어젖히고서 오아병烏鴉兵 3천 명을 늘어세웠다. 마치 한 덩어리 검은 구름이 땅을 말아 올리는 듯했다. 정륜은 곧장 적진 앞으로 나가 사나운 목소리로 외쳤다.

"숭흑호는 나와서 나를 만나라!"

숭후호 진영의 척후병이 중군에 들어와 보고했다.

"두 분 군후께 아룁니다. 기주의 어떤 장수가 작은 군후의 응답을 청하고 있습니다."

숭흑호가 몸을 굽혀 인사하며 "소제가 한 번 다녀오겠습니다"라고 말하고, 본부의 비호병 3천을 거느리고 나갔다.

숭흑호가 보니 기주성 아래에 한 무리 군사들이 북쪽 물가를 등지고 벌여 있었는데, 마치 한 조각의 검은 구름 같았다. 그 앞의 한 장수를 보니, 얼굴은 붉은 대추 같고 수염은 금침 같았다. 구운열염관九雲烈焰冠에 대홍포와 금쇄갑을 입고 옥속대 허리띠를 둘렀다. 그는 금정수를 타고 두 자루의 항마저 몽둥이를 들고 있었다.

한편 정륜이 숭흑호의 희귀한 차림을 보니, 구운사수관九雲四獸冠에 대홍포와 연환갑을 입고 옥속대를 둘렀다. 숭흑호도 역시 금정수를 타고 두 자루의 담금부 도끼를 들고 있었다.

숭흑호는 정륜을 알아보지 못했다. 숭흑호가 말했다.

"기주에서 온 장수는 통성명이나 합시다!"

"기주 독량상장 정륜이다. 그대는 조주의 숭흑호가 아닌가? 스스로 강포함을 믿고 우리 주장의 아들을 잡아갔다 하니, 속히 우리 주장의 아들을 내놓고 말에서 내려 포박을 받으라! 만약에 이를 거역하면 당장에 가루를 내어 죽이겠다!"

숭흑호가 대노하며 꾸짖어 말했다.

"맹랑한 놈이로다! 소호는 천자의 명을 어겨 뼈가 가루가 되는 화를 입게 되었고, 너 또한 역적과 한 패거리인 주제에 감히 망발을 내뱉느냐!"

속히 말을 대령하라 하여 타고 손에 든 도끼를 날려 곧장 정륜을 내리치자 정륜이 몽둥이로 급히 가로막았다. 두 장수가 서로 맞붙어 싸우는데 다만 붉은 구름이 짙게 일고 흰 안개가 자욱이 깔렸다. 그야말로 두 사람은 호적수를 만난 형세로, 스물너덧 합을 교전하면서 맞붙었다.

정륜은 숭흑호의 등에 매달린 붉은 호로박 하나를 보고 스스로 생각했다.

'이 사람은 도인으로부터 전수받은 비술을 지니고 있다고 주장께서 말씀하셨는데 바로 이것이 그의 술법이로구나. 옛말에 남을 이기려면 먼저 선수를 쳐야 한다고 했다.'

정륜은 콧구멍 속에서 두 기운을 뿜어 사람의 혼백

을 빨아들이는 비법을 특별히 전수받은 적이 있었다. 이는 일찍이 서곤륜산의 도액度厄진인에게 사사받은 것이었다. 무릇 그와 대적한 사람은 모두 이내 사로잡혔다. 그리하여 도인은 그를 하산시켜 기주에 머물게 하고 옥대 하나를 풀어주어 인간의 복록을 누리게 했다.

오늘의 싸움을 보면, 정륜이 손에 든 항마저를 공중에 한번 휘두르자 뒤에 있던 3천의 오아병이 일제히 함성을 지르면서 긴 뱀의 형세처럼 다가왔는데, 제각기 쇠갈고리를 손에 들고 쇠사슬을 옆으로 끌면서 비운飛雲 속의 섬광처럼 몰려왔다.

숭흑호가 이를 보니 마치 사람을 잡아들이는 형상 같았으나 그 이유를 알지 못했다. 다만 정륜의 콧구멍 속에서 종소리 같은 소리가 한 번 울리더니, 두 구멍으로부터 흰 빛이 뿜어져 나와 사람들의 혼백을 빨아들이는 것이 보였다.

숭흑호는 귀로 그 소리를 듣자 자기도 모르게 눈앞이 어지러워졌다. 그의 황금관을 떨어뜨리고 갑옷이 말안장에서 떨어져 나갔으며 두 발이 공중에서 마구 떨렸다. 오아병이 그런 숭흑호를 산 채로 잡아 두 팔을 꽁꽁 묶었다.

한참 뒤에 깨어난 숭흑호가 눈을 들어 둘러보았으나

자신은 이미 묶인 몸이었다. 숭흑호가 노하여 말했다.

"이 역적이 눈속임 술수를 부렸구나! 어떻게 나를 사로잡았느냐?"

그러나 눈앞에는 승전고를 치면서 성으로 들어가고 있는 모습만 보였다.

한편 소호는 전각에 있다가 문득 성 밖의 북소리를 듣고 탄식했다.

'정륜이 결국 끝장났구나!'

마음속으로 심히 번민하고 있는데 척후병이 급보를 들고 들어왔다.

"군후께 아뢰옵니다. 정륜이 숭흑호를 사로잡아 와서 하명을 청합니다."

소호는 영문을 모르고 마음속으로 생각했다.

'정륜은 숭흑호의 적수가 되지 못하는데 도대체 어떻게 사로잡았단 말인가?'

이윽고 정륜이 대전 앞에 이르러 숭흑호를 사로잡은 자초지종을 고했다. 여러 병사들이 흑호를 에워싸고 계단 앞에 이르렀다.

소호는 급히 전을 내려가 좌우신하들을 물리치고 친히 숭흑호의 결박을 풀어주고 무릎을 꿇은 채 말했다.

"소호는 지금 천하에 죄를 지은 처지로 용서받을 여지가 없는 적신인데, 정륜이 사정을 잘 몰라 천자의 위엄을 범했으니 소호가 마땅히 죽을죄를 지었소!"

숭흑호가 대답했다.

"어지신 형님께서 저와 한번 친분을 맺은 이후로 일찍이 그 우의를 감히 잊지 않고 있습니다. 지금 부하에게 사로잡히고 보니 부끄러워 몸 둘 곳을 모르겠습니다! 또한 후한 예의로 대우해 주시니 저 흑호는 은혜에 깊이 감격하고 있습니다."

소호가 숭흑호를 존중하여 자리에 앉히고 정륜 등 여러 장수들에게 들어와 뵙게 했다. 숭흑호가 말했다.

"정 장군의 도술이 진실로 훌륭하여 지금 사로잡혔으니 흑호는 종신토록 진심으로 복종하겠습니다."

소호가 주연을 베풀도록 명하여 숭흑호와 함께 두 사람이 즐겁게 마셨다. 소호가 숭흑호에게 천자가 자기 딸을 바치라고 한 일을 하나하나 자세히 이야기해 주었더니 그가 말했다.

"소제가 여기에 온 것은 첫째 저의 형님을 실패시키고, 둘째 인형의 포위를 풀어드리기 위함이었습니다. 그런데 뜻밖에 큰아드님이 나이가 어리고 강인함을 스스로 믿고는 성으로 돌아가 어지신 형께 대화를 청한다고 말씀드리라고 해도 듣지 않다가 결국 소제에게 사로잡혀 후영에 갇혀 있습니다. 이것도 사실은 소제가 인형을 위하여 그리 한 것입니다."

소호가 감사하면서 말했다.

"후덕한 마음을 어찌 감히 잊을 리 있겠소!"

두 군후는 성 안에서 옛정을 생각하며 기쁘게 술잔을 나눴다.

한편 숭후호 진영 정탐병은 황급히 달려가 보고했다.

"작은 군후께서 정륜에게 잡혀갔는데 그 생사를 모르겠습니다."

숭후호가 깜짝 놀라 생각했다.

'내 동생은 도술을 갖고 있는데 어찌하여 붙잡혔단 말인가?'

그때 전략관戰略官이 말했다.

"작은 군후께서 정륜과 한창 격전을 벌이고 있을 때, 정륜이 몽둥이를 한번 흔들자 3천의 오아병이 일제히 몰려왔으며, 정륜의 콧속에서 두 줄기 흰빛이 뿜어나와 종소리가 울리는 듯하더니 작은 군후께서 곧장 말에서 거꾸러지셨습니다. 그래서 붙잡혀 간 것입니다."

숭후호가 이 말을 듣고 놀라서 말했다.

"세상에 어떻게 그러한 도술이 있단 말인가? 다시 척후병을 보내 그 진위를 알아보도록 하라."

말이 끝나기도 전에 보고가 들어왔다.

"서백후의 사신이 군문 앞에 당도했습니다."

숭후호는 내심 불쾌해 하면서 "들게 하라"고 분부했다. 살펴보니 산의생散宜生이 소복에 각대를 하고 장막에 들어와 절했다.

"소관 산의생이 군후를 배알합니다."

"산 대부! 대부의 주군은 어찌하여 조정의 뜻을 어기고 있소? 당신만 편하면 된단 말이오. 황명에도 군대를 출정시키지 않는 것은 결국 대부의 주군이 신하된 예의를 다하지 않는다는 증거가 아니겠소. 어디 대부는 이 일을 해명해 보시오."

"저희 주군께서 무기란 흉기로서 부득이할 때만 사용해야 한다고 말씀하셨습니다. 지금 후궁간택이라는 작은 일로 백성을 수고로이 하고 재물을 낭비하며 집집마다 두려움에 떨게 하고 있습니다. 더불어 통과하는 주현에서는 전쟁경비와 군량미를 조달하느라 먼 길을 수고롭게 왕래하고 있습니다. 또한 백성들에게는 세곡을 납부해야 하는 근심이 있고 군대는 갑옷과 무기로 무장해야 하는 고통이 있습니다. 그래서 저희 주군께서는 먼저 소관에게 한 통의 서신을 전달케 하여, 봉홧불을 끄게 하고 소호로 하여금 딸을 궁궐에 바치도록 함으로써, 각기 무기를 버리고 신하로서의 충성을 잃지 않도록 하는 원려遠慮가 있으신 겁니다. 계획이 이러하거늘 만일에 소호가 이를 따르지 않는다면 대군이 즉시 들이닥쳐 멸족의 벌을 내릴 것입니다. 그리되면 소호는 죽더라도 원망하지는 못할 것입니다."

숭후호가 듣고 나서 크게 웃으면서 말했다.

"서백 희창은 조정에 거역한 죄를 스스로 알고서도 다만 얼버무리는 말로 스스로를 변명하려 하고 있소. 내가 여기에 먼저 당도하여 장수와 병사를 잃으면서 수차례 악전고투를 했는데, 저 역적이 어찌 한 통의 서찰을 받고 기꺼이 자기 딸을 바치려 하겠소? 나는 다만 대부가 소호를 만나 일을 어떻게 처리하는지를 지켜볼 것이오. 만일에 소호가 따르지 않는다면 대부의 주군이 또 무어라 회답할는지 그것이 궁금하오. 어서 떠나시오."

산의생은 군영을 나와 말을 타고 곧장 기주성에 이르러 외쳤다.

"수문관守門官은 주군께 서백후의 사신이 서찰을 전하려 한다고 보고하시오."

성 위에 있던 수문관이 대전에 급히 보고했다.

"서백후의 사신이 성 아래에서 서찰을 전하겠답니다."

소호는 숭흑호와 술잔을 기울이고 있다가 말했다.

"희백은 서기西岐의 현인이니 속히 성문을 열어 모셔오도록 하라."

잠시 뒤 산의생이 대전에 들어 배알의 예를 마치자, 소호가 말했다.

"대부께서는 무슨 말씀을 전하러 이리 누추한 곳까지 오셨습니까?"

"소관은 지금 서백후의 명을 받들고 왔습니다. 지난 달 군후께서 노하여 반역시를 씀으로써 천자께 죄를 지으셨기 때문에 당장에 군대를 일으켜 죄를 문초하라는 칙명을 내리셨습니다. 그러나 저희 주군께서는 평소 군후의 충정을 아시기에 일부러 군대를 출정시키지 않고 감히 경계를 범하지 않았습니다. 지금 서찰을 올리오니 군후께서 잘 살피셔서 시행하기 바랍니다."

산의생이 비단주머니에서 서찰을 꺼내 소호에게 바쳤다. 소호가 서찰을 받아 열어보니 이같이 쓰여 있었다.

서백후 희창이 기주군후 소공蘇公 휘하에 돈수백배합니다. 창이 듣건대 '온 나라 백성은 모두 왕의 신하'라고 했습니다. 지금 천자께서 어여쁜 후궁을 간택하려 하시니 무릇 공경대부로부터 일반백성에 이르기까지 어찌 감출 수 있겠습니까? 지금 군후께 현숙한 딸이 있어 천자께서 후궁으로 뽑아들이고자 하시니 이는 본래 경사스러운 일입니다. 그런데 군후는 천자와 맞섰으니 이는 임금을 거역한 것입니다. 또한 궐문에 반역시를 써서 어찌 하시겠단 말입니까? 군후의 죄는 이미 용서받지 못하게 되었습니다. 군후는 다만 사소한 지조만 알고 딸 하나를 아끼다가 군신의 대의를 잃어버린 것입니다. 창은 평소에 공이 충의롭다는 것을 알고 있기에 앉아서 보고만 있을 수 없어 가히 전화위복이 될 만한 한 마디 말씀을 드릴 것이니 부디 들어주기 바랍니다.

공이 만약에 왕궁에 따님을 바친다면 진실로 세 가지 이로움이 있게 될 것입니다. 우선 따님은 궁궐의 총애를 한몸에 받고 아비는 황후의 귀함을 누리면서 천자의 외척으로서의 관직에 앉아 천 종(鍾종은 주로 곡물을 세는 단위로 1종은 10말이라 함)의 봉록을 받는 것이 첫째 이로움이며, 기주를 영원히 다스리면서 온 일족에 근심걱정이 없는 것이 둘째 이로움이며, 백성들이 도탄에 빠지는 고통이 없고 삼군이 살육당하는 참담함이 없는 것이 셋째 이로움입니다.

그러나 공이 만약에 잘못을 고집한다면 세 가지 해로움이 눈앞에 닥칠 것입니다. 기주가 함락당하여 재실이 불타 조상을 모시지 못하는 것이 첫째 해로움이며, 골육이 멸족당하는 것이 둘째 해로움이며, 군대와 백성이 병난의 재앙을 당하는 것이 셋째 해로움입니다.

　무릇 대장부라면 마땅히 사소한 지조는 버리고 대의를 온전케 해야 하는 것이니, 어찌 보잘것없는 무지한 무리를 본받아 멸망을 자초하겠습니까? 창은 공과 함께 은나라의 신하가 되었으므로 부득이 숨김없이 말하여 번거롭게 했으니 어진 군후께서 부디 유념해 주시기 바랍니다.

　대강 바삐 적어 삼가 올리노니 즉시 회답을 주시기 바랍니다. 삼가 말씀드립니다.

　소호가 다 보고 나서 한참 동안 말을 하지 않다가 다만 고개만 끄덕였다. 산의생이 말했다.

　"군후께서는 주저하실 일이 아닙니다. 따르신다면 이 서찰 한 통으로 전쟁이 멈추게 될 것이요, 만약 따르지 않는다면 소관이 돌아가 주군께 아뢰어 군대를 다시 출정시킬 것입니다. 군후께서는 어찌하여 입을 다문 채 말이 없으십니까? 청컨대 속히 명을 내리시어 시행하소서."

　소호가 이 말을 듣고 숭흑호에게 말했다.

　"현제가 한번 읽어보시오. 서백의 서찰은 진실로 타당하오. 과연 서백은 진심으로 나라와 백성을 위하는 어질고 의로운 군자요. 어찌 감히 그 권고에 따르지 않겠소!"

　이에 주연을 베풀어 산의생을 관사에서 대접하라 명

했다.

다음날 소호가 산의생에게 서찰을 써주고 폐백을 내어 서기로 돌아가게 하면서 말했다.

"나는 곧 딸을 바쳐 조정에 조회하고 속죄할 것이오."

산의생이 작별인사를 고하고 떠났다. 이것은 진정 한 통의 서찰이 십만의 군대와 맞먹는 것으로, 훗날 사람들이 이에 대해 시로 읊었다.

모든 개천을 한데 모으는 폭포와 같은 언변으로,
바야흐로 임금의 의로움과 신하의 어짊을 알게 되었네.
몇 줄의 서찰로 소호의 마음을 돌렸으니,
어찌하여 삼군이 창을 베고 잠을 자겠는가?

恩州驛狐狸死妲己

은주역에서 구미호가 달기를 죽이다

산의생이 회답을 받아들고 마침내 서주로 떠나자, 숭흑호가 소호 앞에 나서서 말했다.

"인형! 대사가 이미 결정되었으니 속히 행장을 수습하여 영애를 조가로 들여보내십시오. 지체하다가 또다른 변고가 생길까 걱정됩니다. 소제는 돌아가 전충을 풀어 성으로 돌아오게 하겠습니다. 그리고 나와 인형은 군대를 철수하여 귀국하고 난 뒤에, 우선 조정에 표문을 올려 인형이 은상에 조회하고 사죄하는 것을 돕겠습니다. 그러니 다른 생각으로 화근을 만들지 마십시오."

소호가 말했다.

"나는 현제의 인애함과 서백의 후덕함을 받았네. 애초에 모든 일이 예법에 맞게 처리되었다면 내 어찌 딸자식 하나를 아낌으로써 국은에 반하여 멸망을 자초하겠는가? 망설임 없이 즉시 행장을 꾸릴 것이니 현제는 마음 놓으시라. 알다시피 나 소호에게는 현제에게 잡혀 간 그 아들이 하나밖에 없는 자식이니 속히 풀어주어 성으로 돌아오게 해주시게. 자나깨나 기다리는 내 아내를 위로해 주고 싶네. 온 가족이 오로지 현제의 어진 덕을 기다리고 있을 뿐이네!"

"인형은 마음을 놓으십시오. 소제가 나가 즉시 그를 풀어주어 보낼 것이니 걱정 마십시오."

두 사람이 피차간에 서로 감사했다.

숭흑호가 성을 나와 숭후호의 진영에 이르자, 좌우에서 보고했다.

"작은 군후께서 이미 군문에 당도하셨습니다."

숭후호가 급히 "들이라" 명하자, 숭흑호가 진영으로 들어가 군막에 앉았다. 숭후호가 말했다.

"서백후 희창은 심히 괘씸하도다! 지금까지 군대를 출정하지 않고서 일의 성패만을 관망하는구나. 게다가 종전에 산의생을 보내 서찰을 전달하라 했는데 지금까지 회답을 받지 못했네. 아우가 잡혀간 뒤 매일매일 사람을 보내 알아보게 했는데도 결과가 그러했으니 불안하기만 하더구나. 그런 터에 지금 아우가 돌아왔으니 한량없는 기쁨을 가눌 길이 없네. 소호가 과연 천자를 알현하고 사죄하려 하던가? 아우는 그곳에서 왔으니 틀림없이 소호의 일을 알 것이므로 상세하게 말하라."

숭흑호가 성난 목소리로 크게 외쳤다.

"장형! 생각해 보니 우리 두 형제는 같은 조상으로부터 피를 받은 한 핏줄의 친형제요. 그렇지만 옛말에 '한 나무의 열매에도 신 것과 단 것이 있으며 한 어미의 자식에도 우둔한 자와 똑똑한 자가 있다'더니 틀린 말이 아니더이다. 장형! 형은 내가 하는 말을 잘 들어보시오. 소호가 은나라에 반역했을 때 장형은 서둘러 군대를 이끌고 정벌에 나섰소. 그 때문에 군병을 잃었던 것이지요. 장형은 어쨌든 한 진의 대제후가 아니오. 그런데도 지금 조정을 위해 좋은 일을 꾸밀 생각은 하지 않고 오로지 간신을 가까이한 꼴이 되었소. 그리하여 세상사람들이 모두 장형을 미워하게 되었소."

숭흑호의 말은 결연했다.

"5만의 군대가 결국 한 통의 서찰만도 못했으니, 소호는 이미 딸을 바쳐 천자를 알현하고 사죄할 것을 허락

했소. 이제 장형은 장졸들을 수없이 잃었으니 부끄럽지도 않소? 어찌 그토록 신중하지 못했더란 말이오. 이 일은 비단 장형뿐만 아니라 우리 숭씨일문을 욕되게 한 꼴이 되었소. 장형! 나 흑호는 이 시각 이후로 형과 결별하여 다시는 만나지 않을 것이오!"

숭후호는 묵묵부답이었고 숭흑호의 말은 빈틈이 없었다. 흑호가 좌우를 둘러보며 명했다.

"여봐라! 소전충 공자를 끌어오도록 하라!"

좌우장졸들이 감히 명을 어기지 못하고 소전충을 풀어 끌고 왔다. 전후 사실을 알게 된 소전충이 장막에 들어와 숭흑호에게 감사하면서 말했다.

"숙부께서 하늘같은 은혜로 못난 조카를 용서하여 살펴주시니 끝없는 감사를 드립니다."

숭흑호가 말했다.

"어진 조카는 부친께 '속히 행장을 꾸려 지체하지 말고 천자를 배알하시라' 말씀드리라. 나는 표문을 올려 그대 부자가 조정에 나가 사죄하는 일을 돕겠노라."

이에 소전충이 작별인사를 하고 진영을 나와 기주로 돌아갔다.

숭흑호는 벽력같이 화를 내며 3천 군사를 이끌고 조주로 돌아가 버렸다. 그러자 숭후호는 부끄러움에 감히 말을 못하고 하는 수 없이 군대를 수습하여 본거지로 돌아간 뒤 표문을 올려 사죄를 청했다.

한편 소전충은 기주로 돌아와 부모를 만나뵙고 서로 위로했다. 소호가 말했다.

"희백이 전날 서찰을 보내 진정 우리 소씨가 멸족당할 화를 구해 주었다. 그러니 이러한 은덕을 어찌 감히 잊을 수 있겠느냐! 내 아들아! 이 일은 애당초 천자의 우매한 한때의 생각으로 초래된 일인 줄은 너도 잘 알고 있을 것이다. 나 또한 잠시 분을 참지 못하여 일이 이렇게까지 커지게 되었구나. 어쨌든 두루 생각건대 군신의 의리는 지극히 엄중하여 임금이 신하에게 죽으라 한다면 감히 죽지 않을 수 없으니, 내가 어찌 감히 딸 하나를 아껴 스스로 패망을 자초하겠느냐? 지금 모름지기 너의 누이를 조가로 데려가서 천자께 알현하고 속죄해야겠다. 너는 기주에 머물면서 백성들을 어지럽게 하는 일은 하지 마라. 며칠 안에 돌아올 것이니라."

소전충이 부친의 말씀을 삼가 받들었다. 소호는 이어 내궁으로 들어가 희백이 자기에게 서찰을 보내 천자를 배알하라고 권한 일의 자초지종을 부인 양씨楊氏에게 자세히 얘기해 주었다. 부인이 방성통곡하자 소호가 재삼 위로했다.

부인이 눈물을 머금은 채 말했다.

"그 애가 본디 아름답긴 하오만 임금을 모시는 예법에는 어두워 도리어 일을 저지를까 걱정됩니다."

소호가 말했다.

"이는 어쩔 수 없이 행해야만 하는 일이오."

두 부부가 밤새껏 슬픔에 탄식했다.

다음날 3천의 군사와 5백의 가병을 이끌고 비단으로 꾸민 수레에 어여삐 화장한 달기를 태워 길에 오르게 했다. 달기는 비오듯 눈물을 흘리며 모친과 오라비에게 작별인사를 했다. 슬피 울먹이는 은근한 자태와 천만 가지 요염한 모습이 그야말로 안개에 쌓인 작약 같고 비에 젖은 배꽃 같았다.

모녀가 생이별을 어찌 참을 수 있겠는가! 다만 좌우 시녀들이 간곡히 권함에 부인이 울면서 내궁으로 들어가자 달기도 눈물을 머금은 채 수레에 올랐다. 오빠 소전충은 5리까지 배웅하고 돌아갔다.

소호가 뒤를 살피면서 달기를 보호하고 앞으로 나아갔다. 그 행차를 보니, 앞에 세운 귀인임을 나타내는 두 개의 깃발이 한들거리며 온 길바닥에 구경꾼들을 불러

모았다.

아침에는 길에 오르고 저녁에는 번화한 곳을 찾아 머물면서 푸른 버드나무 옛길과 붉은 살구꽃 동산을 지나가는데 까막까치는 봄을 부르고 두견이는 달을 보고 울었다.

군마를 타고 들이달릴 때는 하룻길이나 혼행길은 하루이틀에 끝나는 여정이 아니었다. 여러 주현을 지나 산을 넘고 물을 건넜다.

첫날은 저녁나절이 되어서야 은주恩州에 도착했는데 은주역 역승驛丞이 나와 모셔들였다. 소호가 말했다.

"역승은 누마루를 깨끗이 치우고 귀인을 편안히 모시도록 하라."

역승이 말했다.

"군후께 아뢰옵니다. 이 역에서 3년 전에 한 요괴가 나타난 이후로, 무릇 이곳에서 머물던 군후들께서는 모두 편안히 쉬지 못했습니다. 그런즉 귀인을 군영막사에 임시로 쉬게 하여 염려스러운 일이 없도록 보호할 것을 청하오니 군후의 높으신 의향은 어떠하십니까?"

소호가 큰소리로 말했다.

"천자의 귀인이 어찌 마귀를 두려워하겠느냐? 또한 역사가 있는데 군막에서 거하는 예법이 어디 있단 말이냐! 속히 역 안의 누마루와 침실을 청소할 것이며 지체하여 죄 짓는 일이 없도록 하라!"

역승이 황급히 사람들에게 명하여 대청과 내실을 청소하고 침구를 마련케 했다. 또한 향수를 뿌려 말끔히 준비를 끝내고 귀인을 모셔오도록 했다.

소호는 달기를 후원 내당에 들이고 50명의 시녀들로 하여금 좌우에서 받들어 모시게 했다. 또한 3천 군사로 역 외곽을 둘러싸게 했으며 5백 가병들을 역사의 문 앞에 주둔시켰다.

그런 뒤 소호는 대청 위에 앉아 촛불을 켜놓고 생각에 잠겼다.

'아까 역승이 이곳에 요괴가 있다고 했는데 그건 어인 연고인가? 이곳은 바로 황제의 사절이 머무는 곳으로 인가가 밀집되어 있는데 어떻게 그런 일이 있을 수 있단 말인가? 그러나 또한 소홀할 수는 없는 일이로다.'

소호는 경계심을 늦추지 않고 표범꼬리 채찍을 탁자 옆에 놓아둔 채 등불을 돋워놓고 병서兵書를 읽었다.

그때 은주성의 망루 북이 처음 울렸는데 이미 1경이 되었다는 소리였다. 소호는 결국 마음이 놓이지 않아 쇠채찍을 들고 천천히 후당으로 들어가 좌우의 내실을 한 번 살펴보았다. 여러 시녀들과 달기가 조용히 잘 자고 있는지라 그제야 비로소 마음이 놓였다. 다시 대청에 올라 병서를 읽었는데, 어느덧 2경이었다.

그러나 잠시 뒤 3경을 알리는 북이 울릴 때쯤 갑자기 변괴가 일어났다. 홀연히 한 차례 "쌩"하는 바람소리가 매몰차더니 사람의 살갗을 서늘하게 했으며 등불은 꺼졌다 켜졌다를 반복했다. 이렇듯 괴이한 바람이 한바탕 불고 나자 소호는 등골이 오싹해 옴을 느꼈다. 가까스로 마음을 진정시켰지만, 한번 일기 시작한 의혹의 불길은 쉽게 잠재울 수 없었다.

소호가 이런 생각을 하고 있을 때 갑자기 후원에서 시녀들의 자지러지는 듯한 비명소리가 들려왔다.

"요괴가 나타났다!"

소호는 이 소리를 듣자마자 황급히 채찍을 들고 뛰어 들어갔다. 한 손으로 등불을 들고 한 손에 채찍을 든 채 누마루 뒤를 막 돌아가려 할 때 손에 든 등불이 휙하니 꺼져버렸다. 이에 놀란 소호가 급히 몸을 돌려 누마루로 가서 가병들에게 등불을 밝히게 한 뒤 후원으로 달려갔더니 여러 시녀들이 허둥지둥 어쩔 줄 몰라 하고 있었다.

소호는 황급히 달기의 침상 앞으로 가서 손으로 휘장을 들추고 물었다.

"애야! 방금 전에 요괴가 침범했다는데 무얼 너는 보지 못했느냐?"

달기가 대답했다

"소녀가 꿈속에서 '요괴가 나타났다' 외치는 소리를 듣고 일어나 살펴보니 등불 하나가 보였는데 아버지께서 오신 줄은 몰랐습니다. 요괴 같은 것은 보지 못했습니다."

소호가 말했다.

"이는 천지신명이 돌보시어 너를 놀래지 않게 한 것이니 모름지기 감사드려야 한다. 이젠 됐다."

소호는 딸에게 편히 쉬라고 안심시킨 뒤 스스로 순시하면서 감히 편안히 잠을 자지 못했다.

그렇지만 일은 끝난 뒤였다. 침상에 앉아 소호에게 대답한 것은 천 년 묵은 여우로 이미 달기가 아니었다.

이를 소호가 알 리 없었다. 처음 등불이 꺼진 뒤 다시 대청으로 가서 등불을 밝혀가지고 오기까지는 적잖은 시간이었다. 달기의 혼백은 그때 이미 여우에게 빼앗겨 죽은 뒤였다.

요괴는 천자를 미혹하여 은나라 금수강산을 멸망시킬 요량으로 달기의 형체를 빌렸던 것이다. 이는 하늘의 운명이며 사람의 힘으로 어쩔 수 있는 바가 아니었다.

소호는 침소로 돌아왔음에도 여전히 마음이 불안하여 한숨도 자지 못했다.

'천지신명과 조상의 돌보심을 입어 다행히도 귀인을 놀라게 하지 않았도다. 그렇지 않았다면 다시 임금을 기망한 죄를 어찌 변명할 수 있으리오?'

내막을 알 리 없는 소호는 날이 밝기만을 기다렸다가 아침 일찍 역을 떠나 조가로 향했다. 다시 새벽에 떠나고 밤에 멈추면서 배고픔과 목마름을 참고 여정이 계속되었다.

마침내 황하를 건너 조가에 당도한 뒤 소호일행은 막사를 설치했다. 소호는 먼저 사신을 들여보내 서찰을 무성왕 황비호에게 보이도록 했다.

황비호는 딸을 바치고 속죄하겠다는 소호의 문서를 보자 황급히 용환龍環을 성 밖으로 내보내 소호에게 분부했다. 군사는 성 밖에 주둔시키고 딸을 데리고 들어와 금정金亭역사에서 머물라는 것이었다.

그때 권신 비중과 우혼은 소호가 여전히 먼저 자기들에게 예물을 보내지 않은 것에 몹시 화가 났다.

'이 역적놈! 네가 비록 딸을 바치고 속죄한다 하더라도 천자의 희로는 예측하지 못하니 모든 일은 우리 두 사람이 꾸미기에 달렸다. 너의 생사존망이 오로지 우리들의 손 안에 있는데도 우리를 전연 거들떠보지도 않으니 괘씸하도다!'

소호에 대한 두 사람의 앙심은 이토록 질긴 것이었다.

한편 비중이 조정에 들어 용덕전 천자에게 송축의 예를 마치고 엎드려 아뢰었다.

"지금 소호가 딸을 데리고 도성에 당도하여 어지의 뜻하심을 기다리고 있습니다."

천자는 분기탱천하여 말했다.

"그놈이 무례한 말로 정사를 어지럽혔을 때 짐이 국법으로 처단하려 했는데 경들의 만류로 사면하여 본국으로 돌아가게 했었건만, 이 역적이 궐문에 시를 써서 짐을 멸시할 줄을 어찌 생각이나 했었겠는가! 진실로 가증스럽도다. 내일 조회를 열어 국법으로 다스려 임금을 기망한 죄를 정죄하겠노라!"

비중이 이 기회를 틈타 아뢰었다.

"천자의 법은 원래 천자를 위해 엄한 것이 아니오라 만백성을 위하여 세워진 것입니다. 지금 난신적자를 없애지 아니하면 이것은 법이 없는 것이나 마찬가집니다. 법이 없는 조정은 하늘 아래에 없습니다."

천자가 말했다.

"경의 말이 합당하다. 내일 짐이 직접 소호의 죄를 물을 것이다."

비중이 절을 하고 조정에서 물러났다.

다음날 아침 일찍 조회가 열렸다. 천자가 대전에 오르자 백관들이 알현의 예를 마쳤다. 천자가 말했다.

"아뢸 말이 있는 사람은 출반出班하여 아뢰고 일이 없으면 산회하시오."

말이 끝나기 전에 궐문관이 아뢰었다.

"기주후 소호가 궐문 앞에서 어지를 기다리면서 딸을 바치고 죄를 청하고 있습니다."

천자가 "들라 하라"고 명하자, 소호가 죄 지은 관리의 복장을 하고 감히 면류관조차 쓰지도 못한 채 붉은 섬돌 아래에 엎드려 아뢰었다.

"역신 소호가 죽을죄를 지었습니다! 죽을죄를 지었습니다!"

천자가 말했다.

"기주후 소호, 너는 궐문에 반역시를 써서 '영원히 은나라에 조회하지 않겠다'고 했으며, 숭후호가 칙명을 받들어 죄를 물었을 때도 너는 오히려 천병天兵에 대적하여 병사와 장수를 죽였으니, 무슨 할 말이 있기에 지금 다시 짐을 보자 하느냐? 여봐라, 저 대역죄인을 궐 밖으로 끌어내 참수하여 국법을 올바르게 하라!"

말이 끝나기 전에 재상 상용이 출반하여 간언했다.

"소호가 은나라에 반역한 것은 마땅히 국법으로 다스려야 하옵니다. 허나 일전에 서백후 희창이 소호에게 서찰을 전하여 딸을 바치고 사죄함으로써 군신의 대의를 완전케 하라고 했다 합니다. 지금 서백후의 대의를 따라 소호가 이미 딸을 바쳐서 천자를 배알하고 속죄하고자 하니 사정이 용서할 만합니다. 또한 폐하께서는 딸을 바치지 않았기 때문에 죄를 내리셨으나 지금 이미 딸을 바쳤는데도 다시 죄를 주는 것은 폐하의 본심이 아닐 것입니다. 청컨대 폐하께서는 그를 불쌍히 여겨 용서하소서."

천자가 머뭇거리면서 결정하지 못하고 있을 때 비중이 출반하여 간사하게 아뢰었다.

"승상께서 아뢴 바를 폐하께서는 따르소서. 그리고 소호의 딸 달기를 알현케 하여 과연 용모가 출중하고 예의가 현숙하여 가히 부릴 만하다면 곧 소호의 죄를 용서하시고, 폐하의 뜻에 차지 않으면 딸까지 저자거리에서 참수하여 그 죄를 바로잡으소서. 그렇지 않으면 폐하께서는 신하와 백성들에게 신망을 잃을 것입니다."

그제야 천자가 말했다.

"경의 말에 일리가 있구나."

천자가 시종신하에게 명했다.

"달기에게 입조하여 알현하라 전하라."

이윽고 달기가 궐문 안 구룡교九龍橋를 지나 구간전九間殿 아래에 이르러 상아홀을 높이 받들고 예에 따라 절을 하고 "만세!"라고 외쳤다.

천자가 찬찬히 달기를 보니 새까만 귀밑머리에 살구 같은 얼굴과 복숭아 같은 뺨을 하고 있었다. 싱그러움은 봄동산 같고 간드러진 허리는 버들 같았는데, 진정 해당화가 햇빛에 취한 듯하고 배꽃이 비에 젖은 듯했다. 그야말로 구천의 선녀가 옥 연못에서 내려온 듯하고 달나라 항아姮娥가 옥궁궐에서 떠나온 듯했다.

달기가 한 점 앵두 같은 붉은 입술을 여니 혀끝에서 달콤하고 온화한 향기가 풍겨나왔으며, 한 쌍 난새와 봉황의 눈처럼 추파를 던지니 눈 가에서 교태로운 온갖 운치가 흘러나왔다.

천자는 한눈에 넋을 잃고 말았다. 이때 달기가 앵두 같은 입술을 열어 아뢰었다.

"역신의 딸 달기가 폐하의 만수무강을 비옵니다. 폐하, 만수무강하소서!"

이 몇 마디 말에 천자는 곧 정신이 하늘 밖으로 떨어져 나가고 혼백이 하늘 높이 흩어졌으며, 뼈와 살이 나긋해지고 귀와 눈이 어지러워 어떻게 하면 좋을지를 몰랐다. 천자는 당장 일어나 서서 "미인은 고개를 들라" 명하고 좌우 궁녀들에게 분부했다.

"소 낭자를 수선궁壽仙宮으로 데려가 짐이 회궁하기를 기다리도록 하게 하라."

다시 시신侍臣에게 급히 어지를 전했다.

"소호일문을 용서하여 죄가 없도록 하고 짐이 내리는 관작을 받게 하라. 옛 관직을 다시 회복시키고 국척國戚의 벼슬을 새로 더하여 매월 5천 석의 봉록을 내리도록 하라. 또한 현경전에서 3일 동안 연회를 베풀어 재상과 여러 백관들은 황실의 친족을 경하하고 3일 동안 잘 모시라. 그 뒤 소호가 본국으로 영광스럽게 돌아갈 수 있도록 문관 2명과 무관 3명으로 전송케 하라."

소호가 고개를 조아린 채 은혜에 감사했다. 문무백관들은 천자가 이처럼 색을 좋아하는 것을 보고 모두 불쾌한 마음이 들었지만, 이제 어떻게 해볼 수가 없었다.

이날 천자는 달기와 함께 수선궁에서 연회를 즐기다가 밤이 되어 봉황과 난새처럼 사랑을 나누었으니 그 은애함이 아교와 옻칠처럼 끈끈했다.

다음날 아침 가까스로 침소에서 일어난 천자는 이미 성탕의 유업을 받드는 예전의 천자가 아니었다. 그는 하루 종일 달기 옆에 붙어 있었다. 날이면 날마다 주연을 즐기고 밤이면 밤마다 환락을 일삼으니, 조정의 정사가 무너지고 상소문이 끊이지 않았다. 그렇게 여러 신하들이 간언했지만 천자의 귀에는 이미 아무 소리도 들어오지 않았다.

천자가 밤낮으로 향락에 빠져 있는 동안 세월은 순식간에 흘렀다. 천자는 이미 두 달 동안 조회조차 열지 않은 채 다만 수선궁에서 달기와 함께 향연을 즐길 뿐이었다. 천하 8백 진의 많은 제후들이 각각 상소문을 조가에 보냈으나 문서고에 산처럼 쌓여 있을 뿐 임금에게 보일 수 없었으니, 그에 대한 재가를 어떻게 받을 수 있겠는가?

은나라 6백여 년의 운명이 바야흐로 바람 앞의 등불인 듯했다.

雲中子進劍除妖

운중자가 검을 바쳐 요괴를 제거하려 하다

종남산終南山에 운중자雲中子라는 기氣를 단련하는 도사가 있었는데, 그는 바로 천 년 전에 득도한 신선이었다.

운중자가 하루는 일없이 한가히 지내다가 바랑을 을러메고 호아虎兒계곡으로 가서 약초를 캤다. 그런 다음 바야흐로 구름을 타고 막 떠나려 할 즈음, 동남쪽에서 한 줄기 요사스런 기운이 곧장 하늘로 뻗쳐 있는 것을 보았다. 운중자는 한번 돌아보고 고개를 끄덕이면서 탄식했다.

"이 짐승은 틀림없이 천 년 묵은 여우인데 지금 사람

의 형상을 빌려쓰고 조가의 황궁 안에 몰래 숨어 있도다. 만약에 일찍 제거하지 않으면 반드시 큰 환난이 생길 것이다. 나는 속세를 떠난 사람이나 자비를 근본으로 삼는 자로서 어찌 보고만 있을 수 있겠는가!"

운중자는 급히 금하金霞동자를 불러 분부했다.

"오래 묵은 소나무 가지 하나를 가져오너라. 내가 그것으로 목검 하나를 깎아 요괴를 처치하리라."

동자가 말했다.

"어찌하여 보검으로써 요괴를 처단하지 않으십니까?"

운중자가 웃으면서 말했다.

"천 년 묵은 여우 정도에 어찌 나의 보검을 쓰겠느냐! 이것이면 족하니라."

동자가 소나무 가지를 운중자에게 드리자, 그것으로 목검을 깎아 만들고 나서 동자에게 분부했다.

"동굴을 잘 지키고 있으라. 내 갔다가 금방 돌아오겠노라."

운중자가 구름 위에 올라 조가를 향했다.

한편 천자 주紂가 날마다 주색에 빠져 몇 달 동안 조회를 보지 않자 백성들이 불안해 했다. 조정의 문무백관들 또한 의론이 분분했으니, 신하 중에서 상대부 매백梅

伯이 재상 상용과 아상 비간比干에게 말했다.

"천자께서 방탕한 생활을 일삼고 주색에 깊이 빠져 정사를 돌보지 않고 상소문이 산처럼 쌓였으니 이는 혼란의 조짐입니다. 공들은 대신의 몸이므로 나아가고 물러남에 마땅히 대의를 다해야만 합니다. 하물며 임금에게는 간언하는 신하가 있고 아비에게는 간언하는 자식이 있으며 선비에게는 간언하는 친구가 있으니, 소관과 두 분 승상은 모두 책임이 있습니다. 오늘 종과 북을 울려 문무대신을 소집하고 나서 천자께 대전으로 납시기를 청하여 각기 자기 일을 간언함으로써 힘써 충언을 한다면 아마도 군신의 대의를 잃지 않을 것입니다."

상용이 말했다.

"대부의 말씀이 지극히 합당합니다."

즉시 집전관리에게 명했다.

"종과 북을 울려 천자께 대전에 오르시기를 청하라."

천자가 적성루摘星樓에서 한창 향연을 즐기고 있다가 대전에서 종과 북이 함께 울리는 소리를 들었다. 좌우에서 천자께 아뢰었다.

"폐하께서 대전에 오르실 것을 청합니다."

천자가 하는 수 없이 달기에게 분부했다.

"미인은 잠시 여기에 머물러 있으라. 짐이 대전에 나

갔다가 곧 돌아오겠노라."

달기가 엎드려 천자의 수레를 배웅했다. 천자가 옥으로 말든 홀인 규圭를 들고 수레에 올라 대전으로 향했다. 천자가 보좌에 오르니 문무백관들이 알현의 예를 마쳤다. 천자는 두 승상이 상소문을 한 아름 안고 대전에 나오는 것을 보았다. 또 여덟 대부와 진국무성왕 황비호가 상소문을 한 아름 안고 대전에 나오는 것을 보았다.

연일 주색에 빠져 생각하는 것이 귀찮아진 천자는 수많은 상소문을 보자 자리를 피하고 싶은 마음부터 들었다.

먼저 두 승상이 앞으로 나와 엎드려 아뢰었다.

"천하제후들의 상주문이 재가를 기다리고 있사온데, 폐하께서는 어인 일로 여러 달을 대전에 납시질 않습니까? 날마다 궁궐에 계시면서 조정의 기강을 돌보지 않으시니, 이는 필시 임금의 좌우에서 성총을 미혹시키는 자가 있음입니다. 청컨대 폐하께서는 마땅히 국사를 중히 여기소서. 안일과 향락에 빠져 국사를 멀리하심으로써 신하와 백성들의 신망을 잃을까 두렵습니다. 신이 듣건대 천자의 지위는 천심과 인심으로 결정됩니다. 하온데 지금은 천심이 순조롭지 못하여 백성들에게 홍수와 가뭄으로 재난이 내리고 인심 또한 소란스럽습니다. 원컨대 폐하께서는 나라의 근본에 마음을 기울이시고 전날의 허물을 작게 하소서. 참언과 여색을 멀리하신 채 정사에 힘쓰고 백성들을 구제하신다면, 천심이 순조롭게 되어 나라와 백성이 부강해지고 4해가 무궁한 복록을 받을 것입니다. 원컨대 폐하께서는 유념하소서."

천자가 말했다.

"짐도 귀가 있어 다 듣고 있소. 허나 짐은 4해가 태평하고 만백성이 즐겁게 일한다고 들었소. 다만 북해에서 명을 거역하지만 그것도 잠시, 이미 태사 문중聞仲으로 하여금 역적의 무리를 소탕하라 하지 않았소? 그런 모반쯤이야 늘 있는 일로서 한낱 작은 환부에 불과한 것이니 어찌 걱정할 필요가 있겠소? 두 승상의 말씀이 매우 훌륭하다는 것을 짐이 어찌 모르겠소? 다만 짐을 대신하여 조정의 모든 일을 재상들이 수고한다면 저절로 잘 되어 나갈 터이니 어찌 막히는 일이 있겠소? 그리되면 설사 짐이 대전에 나온다 하더라도 역시 팔짱이나 끼고 앉아 있을 것이니 또한 어찌 번거롭게 여러 말을 할 필요가 있겠는가?"

임금과 신하들이 한창 국사를 논하고 있을 때 대궐 남문의 수성장수 오문관午門官이 아뢰었다.

"종남산의 연기煉氣도사 운중자가 중요한 일로 폐하를 뵙고자 하는데 감히 함부로 알현치 못하므로 어지의 결정을 청합니다."

천자가 속으로 생각했다.

'지금 여러 대신들이 상주문을 한 아름씩 안고 재가를 기다리므로 귀찮고 난감하던 터에 마침 잘 되었다. 차라리 도사에게 짐과 한담하도록 허락하면 백관들이 스스로 분분한 의론을 멈출 것이고 또한 간언을 거절했다는 비난도 면할 수 있을 것이니 그게 낫겠다.'

천자가 즉시 "들라!" 하고 명하자, 운중자가 구룡교를 지나 올라오는데, 넓은 도포에 커다란 소매를 휘날리며 표표히 걸어왔다. 왼손으로 꽃바구니를 들고 오른손으로 주미를 잡고 있었다.

주미塵尾는 승려나 도사가 번뇌 따위를 물리치는 표식으로 쓰는 총채를 말한다.

도사는 전상 앞에 이르러 고개만 숙인 채 말했다.

"폐하! 빈도가 인사 여쭙니다."

천자는 도인이 그렇게 인사하는 것을 보자 마음속으로 불쾌하게 여기지 않을 수 없었다.

'짐은 귀하기로는 천자요, 부유하기로는 4해를 소유했으며 온 나라 경계 안에 신민이 아닌 자가 없거늘, 네가 비록 속세 밖에서 노닌다고는 하나 그래도 짐의 판도 안에 있는데, 이놈! 예의가 없구나. 진실로 괘씸하도다!

마땅히 임금을 업신여긴 죄를 다스려야 하겠으나 신하들이 사람을 포용하지 못한다고 말할 것이니, 짐이 잠시 너의 의중을 떠본 연후에 네가 어떻게 대하는지를 지켜보겠다.'

천자가 말했다.

"도인은 어디에서 왔는고?"

도인이 대답했다.

"빈도는 운수雲水에서 왔습니다."

"무슨 구름과 물이란 말인가?"

"마음은 흰 구름처럼 늘 자유롭고 생각은 흐르는 물처럼 동서를 마음대로 운행한다는 말입니다."

본래 천자는 총명하고 지혜로운 임금이었으므로 곧 물었다.

"구름이 흩어지고 물이 말라버리면 그대는 어디로 돌아갈 것인가?"

도인이 답했다.

"구름이 흩어지면 밝은 달이 하늘에 나타나고 물이 마르면 밝은 진주가 드러납니다."

이 말을 듣자 일순간 천자는 노여움이 기쁨으로 바뀌었다.

"방금 도인이 짐을 알현할 때는 고개만 숙일 뿐 예를

올리지 않아 불쾌한 마음이 컸는데, 지금 도인의 대답을 듣고 보니 이치가 한가득 담겨 있도다. 과연 지혜롭고 통달한 대현大賢이 아닌가!"

천자가 좌우에게 "자리를 내드려라"고 하자, 운중자가 또한 겸양하지 않고 천자 옆에 앉았다. 운중자가 몸을 수그리면서 말했다.

"천자께서는 스스로를 귀한 줄로 아시지만 3교敎 중에서 본디 도가의 덕이 가장 존귀하기 때문에 그렇게 한 것입니다."

천자가 물었다.

"어떻게 그것이 존귀한지 알 수 있소?"
"빈도가 읊는 것을 들어보소서."

3교를 살펴봄에,
오로지 도가만이 지존이로다.
위로는 천자에게도 조회하지 않고,
아래로는 공경에게도 배알하지 않네.
세상이라는 울타리를 피하여 자취를 감추고,
세속의 그물에서 벗어나 도를 수양하네.
산수를 즐겨 명예와 욕심을 끊어버리고,
바위 골짜기에 숨어 영욕을 잊어버리네.
별을 머리에 이어 눈이 부시고,

가사장삼 걸치고 봄을 즐기네.
어떤 때는 머리를 풀어헤치고 맨발로 다니며,
어떤 때는 머리를 틀어올리고 두건을 두르네.
고운 꽃을 따서 삿갓에 꽂기도 하고,
들풀을 꺾어 자리에 깔기도 하네.
감로수를 마셔 이를 닦고,
송백松柏을 먹어 수명을 늘리네.
손뼉 치며 노래하며,
춤추다 지치면 구름에서 잠을 자네.
신선을 만나면 오묘한 이치를 구하여 묻고,
도우道友를 만나면 술 나누며 시문을 담론하네.
사치스럽고 더러움에 물든 부귀를 비웃으며,
청빈함 가운데 자유로움을 즐기네.
터럭만큼의 걸림도 없고,
눈곱만큼의 구속됨도 없네.
유자儒者의 무리는 높은 관직에 올라 현달하지만,
그 부귀는 뜬구름과 같고,
절교截教의 무리는 5형刑을 만들고 도술을 부리지만,
올바른 깨달음은 이루기 어렵네.
그리하여 3교를 논함에,
오로지 도가만이 유아독존이라네.

천자가 이를 듣고 크게 기뻐하면서 말했다.

"짐이 선생의 말씀을 듣고 나니 나도 모르게 정신이 상쾌해지고 속세를 떠난 듯하여 진정으로 부귀가 뜬구름처럼 느껴지오. 선생은 과연 어느 선부仙府에 살며 무슨 일로 짐을 만나려 하는지 모르니 자세한 사정을 말해주구려."

운중자가 말했다.

"빈도는 종남산 옥주동玉柱洞에 사는 운중자입니다. 빈도가 높은 산에 약초를 캐러갔다가 요사스런 기운이 조가에 뻗쳐 있는 것을 문득 보았는데, 그 괴이한 기운이 궁궐에서 새어나오고 있었습니다. 빈도는 도심道心을 잃지 않고 자선심이 충만하기에 폐하를 배알하고 그 요괴를 물리치려고 특별히 왔습니다."

천자가 웃으면서 말했다.

"궐문을 삼엄하게 지키는 깊고 은밀한 궁궐에 요괴가 어디로 들어왔단 말이오? 선생이 이번에는 아무래도 헛걸음을 하신 것 같소!"

운중자가 웃으면서 말했다.

"폐하께서 만약 요괴가 있는지를 아신다면 요괴가 감히 스스로 이르지 못했을 것입니다. 오직 폐하께서 이 요괴를 알아보지 못하시기 때문에 바야흐로 기회를 틈타 현혹하는 것입니다. 당장 제거하지 않으면 크나큰 해악이 생겨날 것입니다."

천자가 놀라 말했다.

"이미 요사스런 기운이 궁중에 있다면 무엇으로써 진압해야 하오?"

운중자가 꽃바구니를 열어 소나무를 깎아 만든 목검을 꺼내들고 천자에게 말했다.

"소나무를 깎아 만든 이 검을 일컬어 '거궐巨闕'이라 합니다. 비록 보배로운 기운이 하늘을 찌르지는 못하나 3일 만에 재가 되어 요사스런 기운을 물리칠 수 있습니다."

운중자가 말을 마치고 검을 받들어 바치자 천자가 받아들이고 물었다.

"이 물건을 어느 곳에 놓아두어야 하오?"

"분궁루分宮樓에 걸어두시면 3일 안에 저절로 효험이 있을 것입니다."

천자가 황명을 받드는 봉명관奉命官에게 명했다.

"이 검을 분궁루 앞에 걸어 두어라."

봉명관이 명을 받들고 나갔다. 천자가 다시 운중자에게 말했다.

"선생은 이러한 도술을 갖고 있고 음양의 이치에 밝아 능히 요괴를 살필 수 있는데, 어찌하여 종남산에서 내려와 짐을 보필하고 고관훈작을 누리면서 후세에 이름을 날리려 하지 않소? 어찌하여 한가로이 소일하면서 청사에 이름을 빛내려 하지 않으려는 것이오?"

운중자가 배례하면서 말했다.

"폐하께서 은거하는 빈도를 버리지 않고 벼슬을 내리고자 하시나, 빈도는 궁벽진 산골짜기에 사는 게으른 사내로 나라를 평안히 다스리는 방법을 모릅니다. 해가 중천에 뜰 때까지 흡족하게 자고 옷 벗고 맨발로 온 산을 노닐 뿐입니다."

"그렇게 지내면 무엇이 좋소? 도인은 붉은 관복에 황금띠를 띠고 공신의 아내와 자식으로서 대대로 봉전封典과 관직을 받으면서 무궁한 부귀를 향유하는 그대 가솔들은 생각해 보지 않았소?"

"빈도의 생활에도 좋은 점은 있으니 들어보소서."

몸은 구속받지 않고 마음은 자유로우며,
창을 잡지도 않고 업신당하지도 않으니,
세상사 온갖 복잡한 일이 마음 밖에 있네.
공무를 다스릴 생각일랑 하지 않고 부추나 심으며,
공명을 얻을 생각일랑 하지 않고 가라지처럼 버리네.
비단도포를 몸에 걸칠 생각일랑 하지 않으며,
화려한 각대를 허리에 두를 생각도 하지 않네.
재상의 수염을 어루만질 생각일랑 하지 않으며,

군왕의 쾌락을 빌릴 생각도 하지 않네.
궁쇠를 메고 신속히 진군할 생각일랑 하지 않으며,
고관에게 아첨하여 절할 생각도 하지 않네.
자그마한 초가집이지만 좁다고 불평하지 않으며,
헌옷을 입어도 더럽다고 싫어하지 않네.
마름과 연잎을 따서 옷을 해 입고,
가을 난초를 엮어 허리에 장식하네.
고상한 생각은 가을 강물처럼 반짝이는데,
흥이 올랐다가도 세상의 훼방을 걱정하네.
달이 동쪽에서 떠오르고 해가 서쪽으로 기우는 것을
어찌 간섭할 수 있으리오.

천자가 다 듣고 나서 감탄하며 말했다.

"짐이 선생의 말씀을 들어보니 선생은 진정 청정한 분이시오."

천자가 급히 시종에게 명했다.

"금과 은을 각각 한 쟁반씩 가져와 선생이 가시는 길에 노자로 쓰시도록 하여라."

잠시 뒤 시위가 붉은 쟁반에 금과 은을 담아 바쳤다. 그러자 운중자가 웃으면서 말했다.

"은혜로운 폐하의 하사품은 빈도에겐 아무 쓸모가 없습니다."

운중자가 말을 마치고 9칸대전을 떠났는데, 고개를 한 번 수그리고 나서 큰 소매를 바람에 휘날리며 성큼성큼 궐문을 나섰다.

천자는 운중자와 장시간 담론하여 이미 피곤했으므로 곤룡포를 거두고 수레에 올라 환궁하면서 백관들에게 잠시 물러가라고 명했다. 백관들은 어찌할 수가 없어 다만 퇴조할 뿐이었다.

천자의 수레가 수선궁 앞에 이르렀으나 달기가 나와 접견하는 게 보이지 않자 천자는 마음이 몹시 불안했다.

천자가 물었다.

"소 미인은 무엇을 하느라 짐을 마중하지 않느냐?"

시어관이 폐하께 아뢰었다.

"소 낭랑은 갑작스런 우환에 인사불성인 채 침상에 누워 일어나지 못하고 있습니다."

천자가 듣자마자 황급히 용연龍輦 가마에서 내려 침궁으로 황급히 뛰어들어가 황금용이 수놓인 휘장을 들췄다. 과연 달기는 새파래진 얼굴에 백지장 같은 입술을 하고 혼미한 상태에서 숨을 헐떡거리면서 금방이라도 죽을 것만 같았다.

천자가 곧장 소리쳤다.

"미인! 아침에 짐이 궁을 나서는 것을 배웅할 때는 아름다운 모습이 꽃과 같았는데, 어찌하여 갑자기 병에 걸려 이렇게 위독하게 되었는가! 짐이 어찌하면 좋을까를 말하라."

달기는 살구 같은 눈을 겨우 뜨고 흙빛 입술을 억지로 열어 신음소리를 내면서 웅얼거렸다.

"폐하! 소첩이 아침에 대전으로 납시는 폐하의 수레를 배웅하고 나서 정오쯤에 폐하를 영접하러 멀리 분궁루까지 걸어가 수레를 기다렸사온데, 문득 고개를 들어보니 보검 하나가 높이 걸려 있었습니다. 그때 나도 모르게 깜짝 놀라 온몸에 식은땀이 주르륵 흐르더니 마침내 이런 위급한 병에 걸리고 말았습니다. 생각건대 천첩은 박명하고 연분이 부족하여 폐하를 곁에서 오래도록 모시면서 사랑의 즐거움을 다할 수 없게 되었습니다. 청컨대 폐하께서는 스스로를 아끼시어 천첩으로 걱정을 삼지 마소서."

달기는 말을 마치고 얼굴 가득히 눈물을 흘리며 두려움에 몸을 떨었다. 그 모습을 보자 천자는 황망하여 어쩔 줄을 몰라 한동안 말이 없다가 또한 눈물을 머금고 달기에게 말했다.

"짐이 잠시 현명치 못하여 하마터면 방사方士에게 속을 뻔했다. 분궁루에 걸려 있는 검은 바로 종남산의 연기도사 운중자가 바친 것으로 짐의 궁중에 요사스런 기운이 있으므로 이것으로 진압하라 했는데, 미인에게 해가 미칠 줄을 누가 생각이나 했겠는가! 그 자가 요술을 부려 미인을 해치고자 했기 때문에 짐의 궁중에 요사스런 기운이 있다고 거짓말을 한 것이다. 짐이 생각해 보니 궁궐은 깊숙하고 은밀한 곳으로 먼지 낀 자취가 이를 수 없으니 어떻게 요괴가 있을 수 있겠느냐? 대저 방사들이란 사람을 속이는 자들인데, 짐이 미혹되어 잠시 그에게 정신이 팔렸도다."

급히 좌우 신하에게 명을 내렸다.

"방사가 바친 그 요사스러운 목검을 지체하지 말고 속히 불에 태워 미인을 두렵게 하지 말라!"

천자는 재삼 달기를 따뜻하게 위로하면서 밤새껏 잠을 자지 못했다.

紂王無道造炮烙

무도한 천자가
포락의 형벌을 만들다

보검은 소나무를 깎아 만들었으므로 불이 붙자마자 곧바로 타버렸다. 달기는 그 검이 불에 타 없어지자 곧 회복되기 시작했다. 그러더니 마침내 요사스런 빛이 완전히 되살아나 정신이 돌아왔다.

달기는 몸이 회복되자 예전처럼 임금을 모시고 매일같이 주연을 열었다. 천자는 크게 기뻐하여 더욱더 달기를 총애하게 되었다.

이때 운중자는 아직 종남산으로 돌아가지 않고 그대로 조가에 머물고 있었는데, 요사스런 기운이 다시 일어나 궁궐을 가득 비추는 것을 보자 고개를 끄덕이며 탄식했다.

'나는 다만 이 검으로 요사스런 기운을 눌러 없애 성탕의 맥락을 잠시나마 늘이려고 했는데, 대세가 이미 기울어 나의 이 검을 불태워 없앨 줄 누가 알았겠는가? 첫째는 성탕의 왕업이 멸망할 것이고, 둘째는 주周나라가 일어날 것이고, 셋째는 신선들이 큰 환난을 당할 것이고, 넷째는 강자아姜子牙가 인간세상에서 부귀를 누릴 것이고, 다섯째는 여러 신들이 봉호封號를 구하려 할 것이다. 그만두어라, 그만두어라, 그만두어라! 빈도가 한 차례 하산하여 24자의 시를 남겨 후세사람들에게 증험하리라.'

운중자가 문방사보를 가져와 사천대司天臺 두杜 태사의 집 담장 위에 필적을 남겨놓고, 다 쓰고 나자 곧장 종남산으로 돌아갔다.

요사스런 기운은 궁궐을 어지럽히는데,
성덕은 서토西土에서 널리널리 퍼져나가네.
무오년 갑자일에,
조가가 피로 물들 것을 모름지기 알겠구나.

한편 조가백성들은 도인이 담장 위에 써놓은 시를 보

고 모두 와서 읽어보았지만 그 뜻을 알지 못했다. 사람들이 밀쳐대며 빽빽이 모여 흩어지지 않고 한창 들여다보고 있을 때, 태사 두원선杜元銑이 조정에서 돌아오다가 자기 집 담장에 수많은 사람들이 둘러싸고 있는 것을 보았다. 태사가 "무슨 일이냐?" 묻자 문지기가 아뢰었다.

"주인마님! 어떤 도인이 담장 위에 시를 써놓았기에 사람들이 보고 있습니다."

두 태사가 말 위에 앉아 읽어보니 24자가 쓰여 있는데 그 뜻이 자못 깊어 금방 이해하기가 어려웠다. 태사는 문지기에게 물로 씻어버리라고 명하고, 집으로 들어왔다. 24자를 자세히 뜯어보고 이리저리 생각해 보았으나 결코 이해할 수가 없었다. 그래서 속으로 생각했다.

'이것은 틀림없이 전날 조정에 나와 검을 바친 도인이 쓴 것으로, 요사스런 기운이 궁궐을 감싸고 있다고 말한 것과 필시 어떤 관계가 있을 것이다. 요즈음 밤하늘을 살펴보니 요사스런 기운이 날로 성하여 궁궐을 감싸고 있는데, 이것은 틀림없이 상서롭지 못한 일이므로 이런 기록을 남겼을 것이다. 지금 방탕한 천자와도 연관이 있을 듯하니 앞날이 암울하구나. 우리들은 선천자의 무거운 은혜를 받았으니 어찌 앉아서 보고만 있겠는가? 보아 하니 조정 문무백관들도 제각기 근심을 하고 모두 위험과 두려움을 느끼고 있으니, 이 기회에 상주문을 올려 천자께 힘써 간언함으로써 신하된 도리를 다하는 것이 좋겠다. 이것은 결코 직간을 하여 명성을 얻고자 함이 아니며 진실로 국가의 환란을 방비하기 위함이다.'

두원선은 그 밤으로 상소문을 지어 다음날 문서방文書房으로 갔다. 누가 문서를 담당하는지 궁금했는데, 마침 그날은 재상 상용이 맡고 있었다. 두원선은 크게 기뻐하며 앞으로 나가 인사를 올리고 말했다.

"승상! 어젯밤에 원선이 사천대에서 살펴보니, 요사스런 기운이 궁궐에 가득하여 재앙이 보이는지라 천하의 일을 가히 알 수 있었습니다. 주상께서 국정을 다스리지 않고 조정의 기강을 돌보지 않으신 채 아침저녁으로 향락을 일삼고 주색에 방탕하시어, 종묘사직에 관련된 것과 치란에 연계된 것이 결코 작은 일이 아니니 어찌 앉아서 보고만 있겠습니까? 그래서 지금 특별히 간언하는 소장을 지어 천자께 올리고자 하오니 수고스럽더라도 승상께서 이 상주문을 대궐에 전하여 주신다면 감사하겠습니다. 승상의 뜻은 어떠하신지요?"

상용이 듣고 말했다.

"태사에게 이미 상주문이 있으니 이 늙은이가 어찌 앉아서 보고만 있겠소? 그러나 도대체 천자께서 대전에 납시질 않으니 무슨 수로 알현을 하겠소? 그렇지만 오늘은 이 늙은이가 태사를 대신하여 대궐로 가서 반드시 알현하고 아뢰어야겠소."

상용은 대전으로 들어가 용덕전·현경전·가선전嘉善殿을 지나고 다시 분궁루를 지났다. 상용이 천자를 곁에서 모시는 시어관을 만났는데 그가 말했다.

"승상 어른! 수선궁壽仙宮은 금달이오니 외신은 여기에 들어올 수 없습니다!"

금달禁闥은 궁중의 작은 문이 있는 곳으로 임금의 침실이다. 상용이 말했다.

"내가 그것을 어찌 모르겠는가? 그대가 나 대신 상용이 어지를 기다린다고 아뢰어 주게."

시어관이 궁으로 들어가 아뢰었다.

"재상 상용이 어지를 기다리고 있습니다."

천자가 생각했다.

'상용이 무슨 일로 내궁에까지 들어와 짐을 만나려 하는가? 그는 비록 외관이지만 3대를 모셔온 원로대신이니 들어오게 하여 만나도 되겠다.'

"드시게 하라!"고 명하자, 상용이 궁으로 들어와 "폐하!"라고 부르면서 계단 앞에 엎드렸다.

"승상은 무슨 긴급한 주청이 있기에 특별히 궁에 들

어 짐을 만나자는 것이오?"

상용이 아뢰었다.

"사천대를 관장하는 두원선이 어젯밤 하늘의 현상을 살폈더니, 요사스런 기운이 궁궐을 뒤덮고 있어 재앙의 조짐이 있다 하더이다. 두원선은 3대를 모셔온 나라의 기둥으로 폐하의 충신이온지라 가만히 앉아 보고만 있을 수 없었다고 했습니다. 또한 폐하께서는 조회를 열지 않고 국사를 다스리지 않은 채 깊은 궁궐에만 계시니 백관들이 밤낮으로 근심합니다. 지금 신들이 형륙刑戮의 벌을 마다하지 않고 폐하의 위엄을 침범한 것은 직언의 명성을 구하고자 하는 것이 아니오니 부디 통촉해 주시기를 청합니다."

상주문을 바치자 좌우 시어관이 받아 어탁 위에 놓았다. 천자가 펼쳐보았더니 다음과 같은 내용이었다.

사천대를 관장하는 관리 두원선이 상주문을 갖추어, 나라를 보호하고 백성을 편안케 하며 요괴를 처단하여 종묘사직을 융성케 하고자 합니다.

신이 듣자오니, 국가가 장차 흥하려면 상서로운 조짐이 반드시 나타나며 국가가 장차 망하려면 재앙의 징조가 반드시 생겨난다 합니다. 신 원선이 밤에 하늘의 형상을 관찰하니 상서롭지 못한 괴이한 안개와 요사스런 빛이 내전을 감싸고 있었으며 음산한 기운이 심궁을 뒤덮고 있었습니다. 폐하께서 일전에 대전에 납시셨을 때 종남산 운중자가 궁궐에 요사스런 기운이 뻗친 것을 보고 특별히 목검을 바쳐 요괴를 진압한 일이 있었습니다. 그런데 폐하께서는 대현의 말을 새겨듣지 않고 목검을 불태워 버림으로써 요사스런 기운이 생겨나고 날마다 흥성하여 하늘까지 꿰뚫었다고 하오니 환난이 적지 않을 것입니다.

신이 가만히 생각해 보니, 소호가 귀인을 바친 뒤로 폐하의 조정에 기강이 무너졌으며 어탁에는 먼지가 쌓였다고 들었습니다. 또한 궁전 앞 섬돌에는 온갖 풀이 돋아나고 대전 앞 계단에는 푸른 이끼가 끼어 있답니다. 조정의 정사가 문란하여 백관들은 실망하며 신들은 천자의 용안을 가까이하기 어렵습니다. 그런데도 폐하께서는 미색을 탐닉하시고 밤낮으로 환락을 일삼아 임금과 신하가 만나지 못하는 것이 마치 구름이 해를 가리는 것과 같으니, 기쁨으로 노래가 끊이지 않는 융성함을 언제 볼 수 있으며 태평성대를 언제 다시 볼 수 있겠습니까?

신은 형륙을 피하지 않고 죽음을 무릅쓴 채 아뢰어 작으나마 신의 충절을 다할까 합니다. 만일 신의 주청이 잘못되지 않았다면 폐하께서 급히 어지를 내려 속히 시행하소서.

천자가 다 보고 나서 생각에 잠겼다.

'말은 매우 훌륭하다. 그러나 상주문에서 말한 운중자가 요괴를 처치하려 했던 일 때문에 하마터면 소 미인의 목숨을 잃게 할 뻔하지 않았던가? 다행히도 하늘의 비호를 받아 검을 불태워 버리고 나서 바야흐로 안정되었다. 그런데 어찌 오늘 또 요사스런 기운이 궁궐에 있다고 말을 한단 말인가!'

천자가 고개를 돌려 달기에게 물었다.

"두원선이 상서하여 요사스런 기운이 대궐을 범했다고 다시 거론하니 이 말은 과연 무슨 뜻이겠소?"

달기가 앞으로 나와 무릎 꿇고 아뢰었다.

"지난날 방술사인 운중자가 천자의 귀를 미혹시켜 만민을 혼란에 빠뜨렸고 나라를 어지럽혔으니 이 어찌 요망한 말이 아니겠습니까? 그런데 지금 두원선이 다시 이것을 문제로 삼는 것은 스스로 붕당을 만들어 백성을 현혹시키자는 것입니다. 백성들이란 지극히 어리석어 이러한 요망한 말을 한 번 들으면, 불안에 떨면서 스스로 안정할 수가 없게 될 것이니 자연히 혼란이 생겨날 것입니다. 하오니 무릇 요망한 말로 백성을 현혹시킨 자는 용서치 말고 처단해야 합니다!"

"미인의 말이 지극히 타당하도다! 짐의 뜻을 전하노니, 두원선을 효수하여 요망한 말을 경계토록 하라!"

재상 상용이 급히 손을 저으며 말했다.

"폐하! 불가합니다. 두원선은 3대의 원로대신으로 충성을 다해 진심으로 나라를 위하는 사람입니다. 그는 열의와 성의를 다하여 폐하와 백성을 섬기고 있으니, 군주의 은덕에 보답하려는 일편단심에서 부득이 드린 말씀입니다. 또한 하늘을 헤아리는 소임을 맞은 자가 길흉을 징험해 보고서도 아뢰지 않는다면 아마도 이는 탄핵의 대상이 될 것입니다. 지금 직간함에 폐하께서 도리어 죽음을 내리신다면, 두원선은 비록 죽더라도 사양치 않을 것입니다. 다만 4백 인원의 문무백관 중에 두원선의 무고한 죽음에 대하여 불평하는 자가 있을까 심히 걱정됩니다. 바라옵건대 폐하께서는 그의 충심을 헤아리소서."

"승상은 모르는 말씀이오. 만약 두원선을 참수하지 않는다면 허황된 말이 끊이질 않을 것이오. 또한 백성들이 불안해 하고 나라는 편안함을 잃을 것이오."

상용이 간언을 계속하려 했으나 천자는 듣지 않고 시어관에게 명하여 상용을 궁 밖으로 내몰았다. 그는 하는 수 없이 밖으로 나올 수밖에 없었다. 두 태사는 어명을 기다렸으니 자신에게 내린 죽음의 화를 알 턱이 없었다.

"두원선은 요망한 말로 백성을 미혹시켰으므로 잡아다 효수시켜 국법을 바로잡으라."

천자의 전지가 내려지고 시어관의 낭독이 끝나자, 다짜고짜 두원선의 옷을 벗기고 밧줄로 묶어 궐문 밖으로 끌고 나갔다.

"오호라, 성탕의 6백 년 왕업이 여기서 다했도다!"

두원선이 이렇게 탄식했다.

그들이 막 구룡교를 지날 때 대홍포를 입은 한 대부를 만났다. 바로 매백梅伯이었다.

매백은 두 태사가 포박당하여 오는 것을 보고 앞으로 나아가 물었다.

"태사께서는 무슨 죄를 지었기에 이같이 되셨습니까?"

두원선이 말했다.

"천자께서 정사를 그르치시어 요사스런 기운이 궁중에 가득하고 재앙이 천하에 곧 퍼지리라는 상주문을 올리자 이렇게 죽음을 내리시니 감히 말씀을 거역할 수 없습니다. 매 선생! 공명이라는 두 글자는 한낱 먼지로 변했으며 연년세세 간직해 온 단심丹心은 결국 싸늘하게 식어버렸습니다."

매백이 이 말을 듣고 형장을 멈추게 했다.

"여봐라! 잠시 멈추어라!"

그러면서 구룡교 옆에 이르렀을 때 마침 재상 상용을 만났다. 매백이 말했다.

"승상께 묻겠습니다. 두 태사가 무슨 죄로 임금을 범했기에 죽음이 내려졌습니까?"

상용이 말했다.

"두원선의 상주문은 충심을 다한 것이었소. 그런데 지금 소 미인의 말만을 듣고 '요망한 말로 대중을 현혹시켜 만민을 두렵게 했다'는 죄를 두 태사에게 뒤집어씌우니 이를 어찌하면 좋단 말이오. 이 늙은이가 극구 간하나 천자께서 받아들이지 않으니 어찌하겠소!"

매백이 다 듣고 나서 노기가 등등하여 말했다.

"임금이 바르면 올릴 말이 없겠지만 임금이 올바르지 못하면 직언으로 간하는 것이 충군의 도리인 줄 아오. 지금 무고한 대신을 죽이는데도 승상께서 이렇게 함구하면서 어찌할 수 없다고만 하신다면, 이는 공명은 중시하나 충신은 가벼이 여길 뿐 죽음을 두려워하는 것이니, 진정 승상이 행할 바가 아닙니다!"

상용은 매우 부끄러웠다. 매백이 다시 외쳤다.

"여봐라! 잠깐 멈추거라! 내가 승상과 함께 임금을 만날 것이니라."

매백이 상용을 억압하여 대전을 지나 곧장 내궁으로 들었다. 매백은 외관이므로 수선궁 궁문 앞에 이르자 곧 엎드렸다. 시어관이 아뢰었다.

"상용과 매백이 어지를 기다리옵니다."

진언을 듣고 천자가 생각했다.

'상용은 3대의 노신이므로 내궁에 들어와도 용서할 만하지만, 매백은 함부로 내궁으로 들어와 국법을 준수하지 않는도다!'

그렇지만 거절할 말을 찾지 못한 천자가 말했다.

"들게 하라!"

상용이 앞서고 매백이 뒤따라 들어가 엎드렸다. 천자가 물었다.

"두 분 경은 무슨 주청거리가 있으시오?"

매백이 아뢰었다.

"폐하! 신 매백이 갖추어 아뢰오니 두원선이 무슨 일로 국법을 어겼기에 죽음에 이르게 되었습니까?"

천자가 말했다.

"두원선은 방사와 음모하여 요망한 말을 날조함으로써 군민軍民을 현혹시키고 정사를 어지럽힐 뿐 아니라 조정을 능멸했소. 대신이 된 몸으로 국은에 보답할 생각은 하지 않고 도리어 요괴가 있다고 거짓 주청하여 천자를 기만했으니, 국법에 따라 마땅히 주벌하여 간사한 자를 처단하는 것이오. 이는 결코 지나친 일이 아니오."

매백이 천자의 하교를 듣다가 자신도 모르게 큰소리

가 터져나왔다.

"신이 듣자오니 요임금은 천하를 다스릴 적에 하늘과 백성의 뜻에 순응하여 문관의 말을 듣고 무장의 계책을 따랐으며, 하루에 한 번씩 조회를 열어 치국안민의 도를 함께 논하고 참언을 물리치고 여색을 멀리함으로써 태평성대를 함께 즐겼다고 합니다. 지금 폐하께서는 반년 동안 조회를 열지 않으셨습니다. 또한 심궁에서 향락하여 낮이면 낮마다 주연을 즐기고 밤이면 밤마다 환락을 일삼으신 채 정사를 다스리지 않으며 간언을 용납하지 아니하십니다. 신이 듣자오니 '임금은 마음과 같고 신하는 수족과 같다'고 했습니다. 마음이 바르면 수족도 올바르고 마음이 바르지 못하면 수족도 그릇됩니다. 또한 옛말에 '신하는 올바르나 임금이 그릇되면 나라의 근심을 다스리기 어렵다'고 했습니다. 두원선은 바로 세상을 다스릴 충신이온데 폐하께서 만약에 그를 참수하여 선천자의 대신을 처단한다면, 그것은 요염한 여인의 말만 믿고 국가의 동량을 해치는 일이 됩니다. 신이 원컨대 폐하께서 두원선의 미천한 목숨을 살려주시어 문무백관으로 하여금 성군의 크신 덕을 우러르게 하소서."

천자가 이 말을 듣고 크게 노하여 말했다.

"매백 또한 두원선과 같은 무리로다. 법을 어기고 내

궁에 들어와 내외를 분간하지 못했으니 마땅히 두원선과 같은 형벌을 내려야 하나 지난날 짐을 보필한 공이 있으므로 잠시 그 죄를 사면한다. 다만 상대부의 지위는 삭탈하여 영원히 거용하지 않을 것이니라!"

매백이 성난 목소리로 더욱 크게 말했다.

"어리석은 임금이 달기의 말만 듣고 군신의 도의를 잃어버렸도다! 지금 두원선을 참하는 것이 어찌 원선 한 사람만을 참수하는 것이겠는가? 이는 조가의 만백성을 참수하는 것이로다! 지금 매백의 직위를 삭탈했지만 그것은 먼지처럼 가벼운 것이니 어찌 아깝겠는가! 다만 성탕成湯의 수백 년 왕업이 어리석은 임금의 손에서 절단나는 꼴은 차마 볼 수가 없도다! 지금 듣건대 태사 문중聞仲이 북방정벌에 전심하고 있는 동안 조정의 기강에 통솔력이 없으며 온갖 일이 혼란스럽게만 되어가는구나. 어리석은 임금은 오로지 간신의 아첨만을 들어 좌우에서 미혹당하고 있으며 심궁에서는 달기와 함께 밤낮으로 음탕함을 일삼으니 천하의 변란은 눈에 보이는 듯하도다. 황천에 들어 어찌 선대 천자들을 뵈올꼬!"

천자가 대노하여 시어관에게 명했다.

"매백을 끌고 나가서 금과로 이마를 내리쳐 죽여라!"

금과金瓜는 철봉 끝에 참외모양의 둥근 노란 쇠를 붙

여 만든 무기의 일종이다.

좌우 시어관이 막 손을 대려 할 때 달기가 나서며 말했다.

"신첩에게 주청이 있나이다."

"미인이 짐에게 무슨 아뢸 말이 있는가?"

"신첩이 폐하게 아뢰나이다. 신하가 대전에 이르러 눈썹을 곤추세우고 눈을 부라리면서 임금을 모욕하는 것은 윤상倫常을 어지럽히는 대역무도한 일이오니다. 한 번 죽어서는 속죄할 수 없는 일입니다. 그러니 매백을 감옥에 가두었다가 신첩이 아뢰는 형구刑具로써 다스리소서. 교활한 신하의 모욕적인 주청을 막고 그릇된 말이 올바름을 어지럽히는 폐단을 제거할 수 있을 것입니다."

"그 형구가 어떤 것인가?"

"그 형구는 2장丈여 높이와 8척尺 둘레에 상·중·하 3개의 불구멍을 갖춘 구리기둥과 같은 모양으로, 그 안에 숯을 넣어 벌겋게 달구는 것이오이다. 무릇 요망한 말로 대중을 현혹하거나, 말재간으로 임금을 모욕하거나, 법도를 준수하지 않거나, 특별한 일도 없는데 간언을 하거나, 제반법규를 어긴 자는 이에 해당하나이다. 모두 관복과 신발을 벗기고 쇠사슬로 몸을 묶어 구리기둥 위에 싸놓으면 사지의 뼈와 살이 구워져 잠깐 사이에 뼈까지 연기로 사라지고 재만 남게 되나이다. 이러한 형벌을 일컬어 '포락炮烙'이라 이르나이다. 만약에 이러한 잔혹한 형벌이 없다면 간교한 신하와 명성이나 구하는 무리들이 국법과 기강을 농락하면서도 경계하고 두려워할 줄을 모를 것이오이다."

"미인이 말한 방법이 더없이 뛰어나고 더없이 훌륭하도다!"

천자는 즉시 어지를 내렸다.

"두원선은 효수하여 사람들에게 보임으로써 요망한 말을 경계토록 하고, 매백은 우선 감옥에 가두어라."

그런 뒤 다시 어지를 내려 달기가 말한 대로 조속한 시일 내에 포락의 형구를 완성하라 일렀다.

천자의 처단을 전해 들은 재상 상용은 오로지 달기의 말만을 신용하는 천자를 탄식했다.

'지금 보아하니 천하의 대사가 끝장났도다! 모름지기 성탕께서는 덕에 힘쓰고 공경하며 한 조각 삼가는 마음으로 천명을 받드셨는데, 지금의 천자에 이르러 하루아침에 도가 사라질 줄을 어찌 알았겠는가!'

마침내 상용이 엎드려 아뢰었다.

"신이 폐하께 아뢰옵니다. 천하대사가 이미 안정되었으며 국가의 만사가 편안하게 되었습니다. 이에 노쇠한 신은 막중한 소임을 감당치 못하고 일을 그르쳐 폐하께 죄 지을까 걱정됩니다. 생각해 보니 신은 3대에 걸쳐 군왕을 모시면서 직위가 재상에 이르렀지만 부끄럽게도 하는 일 없이 봉록만 받았습니다. 이제 폐하께서 비록 파면하지 않으신다 하더라도 신의 노쇠함과 용렬함을 어찌하겠습니까? 바라건대 폐하께서 신의 쇠잔한 몸을 용서하시어 향리로 돌아가게 해주신다면, 이는 모두 폐하께서 내려주신 홍복이 될 것입니다."

천자는 상용이 벼슬을 그만두겠다고 하자 그를 위로하여 말했다.

"경은 비록 늙었으나 아직도 강건하오. 그러나 경이 극구 사직하겠다 하니 어쩔 수 있겠소? 다만 경이 사직을 위해 일편단심 정성을 다했으므로 짐은 심히 애석한 마음이 드오."

즉시 시종관에게 명했다.

"짐의 뜻을 전하노니, 문관 두 명을 선발하여 나라 밖에까지 나가 예를 표하고 영광스럽게 귀향할 수 있도록 전송하라. 그리고 해당 지방관으로 하여금 때때로 문안을 드리고 식용에 모자람이 없도록 하라."

상용이 은혜에 감사하고 조정을 나갔다. 오래지 않아 백관들이 모두 영광스럽게 벼슬에서 물러나 귀향하는 상용을 전송하기 위해 성 밖 장정까지 나와 모였다. 황비호·비간比干·미자微子·기자箕子·미자계微子啓·미자연微子衍 등이 그들이다.

십 리 밖 장정長亭은 수도 성 밖에 지은 빈객의 송영소이다. 상용은 백관들이 장정에서 기다리고 있는 것을 보고 서둘러 말에서 내렸다. 일곱 고관대신들이 손을 부여잡고 말했다.

"노승상께서는 오늘 영광스럽게 귀향하시지만, 일국의 원로로 성탕의 사직을 저버린 채 떠나시니 어찌 마음이 편안할 수 있으리오!"

상용이 울면서 말했다.

"여러 고관대신들과 선생 여러분! 이 상용이 분골쇄신하더라도 국은에 보답하기 어려운 터에 한 번 죽는 것을 아까워하여 어찌 구차하게 편안함만 도모하겠습니까? 그러나 지금 천자께서 달기를 신임하여 악행을 일삼고 포락의 가혹한 형벌을 만들고 있습니다. 간언을 거절하여 충신을 죽임에, 상용이 힘써 간했으나 가납하지 않으시니 폐하의 마음을 돌릴 수가 없구려. 머지않아 하늘이 근심하고 백성이 원망할 화란이 생겨날 터인데도, 상용은 나아가 임금을 보필하기에 역부족으로 죽더라도 허물만 드러낼 뿐입니다. 그리하여 부득이 벼슬을 내놓고 죄를 기다리니 부디 여러 현인 준재들께서 크게 경륜을 펼쳐 화란을 구제하십시오. 이것이 상용의 본심입니다. 어찌 임금을 멀리하여 내 몸만을 생각하는 처신을 하겠습니까? 여러 고관대신들께서 송별연을 열어주시니 이 상용이 한 잔 마시겠습니다. 지금 이별하지만 다시 만날 기약이 있을 것입니다."

이에 술잔을 들어 훗날을 기약할 뿐이었다. 여러 사람들이 모두 눈물을 흘리면서 이별의 잔을 나누었다.

상용은 그 길로 귀향했다.

며칠 뒤 포락의 형구가 완성되었다. 천자가 기뻐하며 달기에게 물었다.

"구리기둥이 완성되었으니 어찌 처리하면 좋겠느냐?"

달기가 가져오라 명하자 담당관이 포락의 구리기둥을 밀고 왔다. 2장 높이와 8척 둘레에 3층의 불구멍이 있는 싯누런 기둥이었는데 아래에 두 개의 굴림대가 있어서 밀면 잘 움직였다.

천자가 이것을 보고 웃으면서 달기에게 말했다.

"미인이 신에게서 비법을 전수받았으니 진정 세상을 다스릴 보배로다! 짐이 내일 조정에 나가 먼저 매백을 구워 죽임으로써, 백관들에게 두려움을 알게 하여 감히 신법新法을 저지하려는 번거로운 상주를 막겠노라."

다음날 천자가 조회를 열어 북과 종이 일제히 울리자 두 반열의 문무백관이 모두 모여 알현의 예를 마쳤다. 무성왕 황비호는 20개의 큰 구리기둥을 보았으나 이 물건을 어디에 쓰려고 새로 마련했는지를 몰랐다.

천자가 "매백을 끌고 오라!"고 하자, 집전관이 매백을 데리러 나갔다. 천자는 다시 명하여 포락의 구리기둥을 밀고 와서 3층의 불구멍에 숯을 채우고 큰 부채로 숯불을 부치게 했는데, 구리기둥 하나가 금세 벌겋게 달아올랐다. 여러 신하들이 그 까닭을 몰랐다.

그때 오문관이 "매백이 이미 궐문에 당도했습니다"고 아뢰자 천자가 "끌고 오라!"고 했다.

매백은 이미 사람 꼴이 아니었다. 씻지 못해 더러워진 얼굴에 머리는 산발이고 흰옷을 입은 채로 대전 앞에 이르러 무릎 꿇고 매백은 아뢰었다.

"신 매백이 폐하를 알현합니다."

천자가 말했다.

"네 이놈! 이 물건이 무엇인지 똑똑히 보라."

매 대부가 살펴보았으나 그 물건이 무엇인지 몰라서 대답했다.

"신은 이 물건을 모르겠습니다."

천자가 무엇에 홀린 듯이 웃으면서 말했다.

"너는 바른 듯이 거짓말하고 욕하면서 임금을 능멸할 줄만 아는구나. 짐이 직접 이 새로운 형벌로 다스릴 것이니 이름하여 '포락'이라 한다. 네놈을 오늘 대전 앞에서 구워 죽여 너의 뼈와 살을 재로 만들 것이니라! 앞으로 임금을 능멸하고 비방하는 망령된 무리는 모두 매백을 예로 삼을 것이다."

매백이 말을 듣고 큰소리로 꾸짖어 말했다.

"어리석은 임금 같으니! 매백은 죽음을 새털처럼 가볍게 여기니 어찌 아까울 게 있겠는가? 상대부 벼슬로 세 조정을 모셔온 훈구대신인 나 매백이 지금 무슨 죄를 지었기에 이런 처참한 형벌을 받아야 한단 말인가? 다만 성탕의 천하가 어리석은 임금의 손에서 망하게 되는 것이 안타까울 뿐이다. 이후 장차 무슨 면목으로 그대의 선천자를 뵐 수 있겠는가!"

천자가 대노하여 매백의 의복을 벗기고 구리줄로 맨몸의 손과 발을 묶어 구리기둥을 껴안게 했다. 가련하게도 매백은 한 번 비명을 지르더니 이내 혼절해버렸다. 다만 대전 앞에서 지글지글 뼈와 살이 타는 냄새만이 코를 찔렀으니 시립해 있던 백관들이 모두 고개를 돌렸다.

잠시 뒤 은나라 충신 매백은 한 줌의 재로 변해버렸다. 매백이 가련하게도 일편충심과 반평생의 진실한 마음을 지니고 직언으로 임금에게 간하다가 이런 처참한 화를 당했으니, 바로 '한 점 붉은 마음이 대해大海로 돌아갔지만, 그 꽃다운 명예는 만세에 남아 드날린다'는 것이다.

천자는 대전 앞에서 매백을 태워 죽임으로써 간언하는 신하들의 입을 막았으므로 새로운 형벌이 매우 훌륭하다는 미혹에 빠졌다. 그러나 문무백관들이 매백을 처참하게 죽인 그 형벌을 보고서 모두 두려움에 떨며 마음이 위축되어 벼슬에 뜻을 버리게 되어간다는 사실은 몰랐다.

한편 여러 대신들이 궐문 밖에 모였는데, 그 중에서 미자·기자·비간 등이 무성왕 황비호에게 말했다.

"천하가 혼란해지고 북해가 동요하여 태사 문중이 나라를 위하여 원정하고 있는데, 뜻밖에도 천자가 달기의 말만 믿고 이러한 포락의 형벌을 만들어 충신을 해하니, 만약 이 소식이 사방에 널리 퍼져 천하제후들이 다 알게 된다면 어떻게 한단 말이오!"

황비호가 이 말을 듣고 다섯 가닥의 긴 수염을 손으로 쓸면서 말했다.

"세 분 대신! 소장이 보건대 이 포락형벌은 한 대신을 태워 죽인 것이 아니라 바로 천자의 강산을 태우고 성탕의 사직을 태우는 것입니다. 옛말에 이르기를 '임금이 신하를 수족과 같이 여기면 신하가 임금을 심장과 같이 여기고, 임금이 신하를 쓰레기처럼 여기면 신하가 임금을 원수처럼 여긴다'고 했습니다. 지금 주상이 어진 정치를 행하지 않고 그릇된 형벌을 상대부에게 내리시니, 몇 년 못 가 반드시 화란이 생길 것입니다. 그러니 우리들이 어찌 그 패망을 차마 앉아서 보고만 있을 수 있겠습니까?"

여러 관리들이 모두 한탄하면서 헤어져 각기 집으로 돌아갔다.

한편 천자가 궁으로 돌아오자 달기가 천자의 수레를 영접했다.

천자가 수레에서 내려 달기의 손을 잡고 말했다.

"미인의 묘책에 따라 짐이 오늘 대전 앞에서 매백을 태워죽였더니, 여러 신하들이 모두 감히 고개를 들고 간언하지 못했으며 입을 다물고 혀를 오그라트린 채 순종하면서 물러갔소. 이 포락의 형벌이야말로 나라를 다스리는 진귀한 보배로다. 연회를 베풀어 미인의 공을 치하하겠노라."

즉시 생황이 연주되고 퉁소와 피리가 일제히 울렸다.

천자가 달기와 함께 수선궁에서 온갖 즐거움을 다

누리며 끊임없이 환락에 빠진 가운데 어느덧 망루의 북과 나팔이 2경을 알렸다. 그렇지만 음악소리는 여전히 그치지 않았다. 이 음악소리가 바람에 실려 중궁에까지 이르자 강姜 황후가 아직 잠들지 않고 있다가 그 음악소리를 시끄러워하면서 좌우 궁인에게 물었다.

"도대체 지금 이 시각에 어디에서 음악을 연주한단 말이냐?"

좌우 궁인이 대답했다.

"마마! 이것은 수선궁 소 미인이 주상과 함께 주연을 즐기는 소리입니다."

강 황후가 탄식하며 말했다.

"어제 듣자 하니 천자가 달기의 말을 믿고 포락의 형벌을 만들어 매 상대부를 잔인하게 해쳤는데, 그 처참함을 차마 말로 할 수 없었다고 했다. 생각건대 그 천한 것이 성총을 유혹하여 무도함을 자행케 한 것이로다!"

강 황후가 즉시 수레를 대령케 하고 말했다.

"내가 직접 수선궁을 한번 다녀오겠노라."

그렇지만 강 황후는 이 한번의 행차가 달기의 투기심을 부채질하여, 이로부터 시비가 일어나고 눈앞에 재앙이 불어닥칠 줄을 미처 알지 못했다.

7

費仲計廢姜皇后

비중이 계략으로
강 황후를 폐하다

 강 황후가 수레에 오르자 좌우로 궁인이 늘어서서 붉은 등을 밝혀 에워싼 채로 나아가 수선궁에 당도했다. 시어관이 아뢰었다.

 "강 마마께서 이미 궁문에 당도하여 어지를 기다리십니다."

 천자가 술잔을 들고 취한 눈을 비껴뜨면서 말했다.

 "황후가 웬일인가? 소 미인! 그대가 나가서 황후를 영접하라."

 달기가 명을 받들고 궁을 나가 영접했다. 달기가 강

황후를 인도하여 궁전 앞에 이르자 황후가 알현의 예를 마쳤다. 천자가 말했다.

"좌우에 명하노니 자리를 마련하여 황후를 모시도록 하라."

황후가 은혜에 감사드리고 천자의 오른쪽에 앉았다. 천자가 황후에게 술을 권하면서 말했다.

"중궁이 오늘 수선궁에 오시니 짐이 매우 기쁘오."

이윽고 달기에게 명했다.

"미인은 궁녀 곤연鯤捐이 치는 단판壇板[타악기 일종]에 맞춰 직접 노래하고 춤추어 중궁께서 감상토록 하라."

즉시 곤연이 단판을 가볍게 두드리고 달기가 노래하고 춤추기 시작했다.

황후가 달기의 모습을 흘낏 보니, 무지개 같은 치마는 너풀거리고, 수놓은 허리끈은 바람에 나부꼈다. 나긋한 허리는 바람에 버들가지가 꺾어지려는 듯하고, 한 점 붉은 입술은 비에 젖은 앵두 같았다. 길고 가녀린 열 손가락은 봄 죽순처럼 어여쁘고, 살구 같은 얼굴과 복숭아 같은 뺨은 새로이 망울을 터뜨리는 모란꽃과 진배없었다. 과연 월궁의 항아에 비길 만했다.

달기는 허리와 팔다리를 요염하게 흔들며 경쾌하고 부드럽게 노래를 불러, 마치 가벼운 구름이 산마루에서 바람에 흔들리는 듯하고 갓 나온 버들가지가 연못에서 물을 찰랑거리는 듯했다.

곤연이 좌우시녀들과 함께 갈채를 보내면서 무릎 꿇고 일제히 "만세!"를 외쳤다.

천자가 문득 웃음을 띤 채 말했다.

"중궁! 시간은 화살처럼 흐르고 세월은 물처럼 지나치는데 즐길 경치는 많지 않으니 마땅히 지금 즐겨야 하오. 또한 달기의 춤과 노래는 바로 천상의 진귀한 구경거리로 인간세상에서는 드문 것이니 가히 진정한 보배라 할 만하오. 그런데 중궁은 어찌하여 기뻐하는 기색이 없으며 얼굴을 들어 똑바로 바라보지 않는 것이오?"

강 황후가 곧장 자리에서 내려와 무릎 꿇고 아뢰었다.

"달기의 춤과 노래 같은 것이 어찌 진귀하겠습니까? 또한 진정한 보배도 아니라 생각됩니다."

"이러한 즐거움이 진귀하고 보배스럽지 않다면 무엇이 진귀하고 보배스럽단 말이오?"

"첩이 듣건대, 임금에게 도가 있으니 재물을 천히 여기고 덕을 귀히 여기며 참언을 물리치고 여색을 멀리하는 것이 바로 임금이 스스로를 성찰하는 보배라 합니다. 대저 하늘의 보배란 일월과 성신이고, 땅의 보배란 오곡과 자연풍경이며, 나라의 보배란 충신과 훌륭한 장수이고, 집안의 보배란 효자와 어진 자손이니, 이 네 가지 것이 바로 천자와 국가가 소유한 보배입니다. 만일 폐하처럼 주색에 방탕하고 가무를 좇아 즐기며 사치와 욕심을 다 부리고 간신의 참언만 들어서 믿으며 충신을 잔인하게 죽이고 올바른 선비를 내쫓으며 노신을 내팽개치고 그릇된 사람을 가까이 하면서, 오로지 아녀자의 말만 듣고 이것을 보배로 삼는다면 바로 집안을 무너뜨리고 나라를 망하게 하는 보배가 될 것입니다. 신첩이 원컨대 폐하께서는 잘못을 고치는 데 인색하지 마시고 오로지 덕을 닦아 가르침을 주는 사보師保를 가까이 하고 계집을 멀리하여 조정의 기강을 바로 세우시기 바랍니다. 신첩은 아녀자인지라 꺼릴 줄을 모르고 망령되이 천자의 귀를 어지럽게 했습니다. 원컨대 폐하께서는 근간에 벌어진 허물을 깊이 뉘우치고 고치시어 힘써 시행하소서. 그것이 신첩이 진정으로 바라는 일이며 또한 천하가 진정으로 바라는 일입니다!"

강 황후는 다 아뢰고 나서 작별인사를 마치고 수레에 올라 궁으로 돌아갔다. 천자는 이미 만취해 있다가 황후의 한 차례 호된 질책을 듣자 매우 불쾌해졌다.

"이 못된 것이 짐의 호의를 모르다니! 짐이 특별히 미인에게 춤과 노래를 시켜 감상토록 했거늘 도리어 이러쿵저러쿵 많은 말을 지껄이는구나. 황후만 아니라면 당장에 쇠몽둥이로 쳐죽여야 내 한이 풀릴 텐데. 진실로 귀찮은 존재로다!"

그때는 이미 3경이 다 지나간 시각이었는데도 천자는 술에 만취하여 외쳤다.

"미인! 바야흐로 짐이 마음이 언짢으니 다시 한번 춤을 추어 답답함을 풀도록 하라."

달기가 무릎 꿇고 아뢰었다.

"소첩은 지금부터 감히 노래하고 춤추지 못하겠나이다."

"어찌하여 그러느냐?"

"황후께서 소첩을 심히 질책하시어 이러한 가무는 집안을 무너뜨리고 나라를 망하게 하는 것이라 하셨나이다. 황후의 생각이 지당하시지만 소첩은 성은의 총애를 입고 있으므로 감히 잠시나마 폐하의 곁을 떠날 수가 없습니다. 만약에 마마께서 궁궐을 나서서 소첩이 성총을 미혹하고 천자를 유혹하여 어진 정치를 펴지 못하게 한다고 말하여 조정의 여러 신하들이 이것을 가지고 소첩을 질책한다면, 소첩은 비록 머리카락을 다 뽑힌다 하더라도 그 죗값을 갚기에는 역부족일 것이 아니겠나이까."

달기는 말을 마치기가 무섭게 비오듯 눈물을 흘렸다. 천자가 달기를 위로하며 말했다.

"미인은 다만 짐을 모시기만 하면 된다. 짐이 때를 기다려 곧 그 못된 것을 폐위시키고 너를 황후로 세우겠노라. 짐이 알아서 처리할 것이니 미인은 걱정 말라."

달기가 성은에 감사하고 다시 음악을 연주하고 춤을 추었다.

그렇게 며칠이 또 흘렀다. 어느 날 강 황후가 중궁에 있을 때 각 궁의 비빈들이 황후를 배알했다. 서궁의 황黃귀비 즉 황비호의 누이동생과 형경궁馨慶宮의 양楊 귀비 등이 모두 황후가 거처하는 정궁正宮에 와 있었다. 궁인이 와서 "수선궁의 소달기가 명을 기다립니다"라고 보고하자, 황후가 "들게 하라!"고 명했다.

달기가 궁 안에 들어서니 황후는 보좌에 올라 있었고 황 귀비는 왼쪽에, 양 귀비는 오른쪽에 있었다. 달기가 궁에 나가 배알의 예를 마치자 황후가 달기에게 특별히 일어서라 명했다. 달기가 일어나 한 쪽 옆으로 가서 섰다.

강 황후가 바로 소씨를 꾸짖어 말했다.

"천자께서 수선궁에서 밤낮을 가리지 않고 음탕함을 즐기면서 정사를 돌보지 않으시어 국법과 기강이 문란해졌는데도 그대는 한 마디 간언도 하지 않았다. 도리어 그대가 천자를 미혹하여 아침저녁으로 춤추고 노래하기에 천자께서 주색에 빠져 간언을 물리치고 충신을 죽임으로써 성탕의 대전大典을 무너뜨리고 국가의 안위를 그르치시니 이는 모두 너로 말미암은 것이다. 이제부터라도 죄과를 뉘우쳐 임금을 바른 길로 인도하지 않고 예전처럼 멋대로 행동한다면, 틀림없이 합당한 법으로 처단할 것이니라! 그만 물러가거라!"

달기는 분을 억누른 채 말 없이 절을 올리고 궁을 나왔는데 얼굴 가득 수치스런 기색이 역력했다.

수선궁 앞에서 곤연이 달기를 영접했다. 달기가 궁에 들어가 장탄식을 하자 곤연이 물었다.

"마마께서는 오늘 정궁을 배알하고 돌아오셨는데 어쩐 일로 긴 탄식을 하십니까?"

달기가 이를 갈며 말했다.

"나는 천자의 총애를 받는 비인데 강 황후가 스스로 원비元妃임을 믿고 황·양 두 귀비 앞에서 나에게 심한 치욕을 주었으니 이 한을 어찌 갚지 않으리!"

"폐하께서 일전에 마마를 정궁으로 삼겠다고 친히 허락하셨으니 복수하지 못할 것을 어찌 걱정하십니까?"

"비록 허락은 하셨지만 황후가 지금 살아 있으니 어떻게 할 수 있겠는가! 반드시 좋은 계략을 세워 황후를 해치워야만 비로소 일이 성사될 수 있겠다. 그렇지 않으면 백관들이 또한 복종치 않고 예전처럼 간언하여 소란스러울 것이다. 너는 쓸 만한 어떤 계획이라도 있느냐? 성사만 된다면 그 복록이 또한 적지 않을 것이니라."

"우리들은 모두 아녀자이고 또한 천비賤婢는 일개 시녀에 지나지 않으니 무슨 면밀한 계획이나 원대한 생각이 있겠습니까? 천비의 생각으로는 중신 한 사람을 불러 그와 함께 계획을 의논하는 것이 더 나을 것입니다."

달기가 한참 동안 생각하고 나서 말했다.

"중신을 어찌 불러올 수 있단 말인가? 또한 남의 이목이 많으니 진정한 심복이 아니면 어떻게 부릴 수 있겠는가!"

곤연이 말했다.

"내일 천자께서 어원御園에 행차하실 때 마마께서 남몰래 밀지를 전하여 중간대부 비중을 부르시면 천비가 그에게 '묘책을 세워 황후를 해치우기만 하면 관직은 더욱 높고 작록 또한 많이 내릴 것'이라고 일러두겠습니다. 그는 평소에 재주와 명성이 있으니 만에 하나라도 실수하지 않을 것입니다."

"그 계책이 비록 훌륭하긴 하지만 혹시라도 그가 참여하려 하지 않는다면 어떻게 하겠느냐?"

"그 사람 역시 폐하의 총애를 받는 신하이니 말을 들

으면 곧 따를 것입니다. 또한 마마께서 궁궐에 들어오신 것도 그의 천거였으니, 천비는 그가 틀림없이 혼신의 힘을 다할 것으로 알고 있습니다."

이 말을 듣고 달기는 매우 기뻐했다.

다음날 천자가 어화원御花園에 행차하자 곤연이 남몰래 밀지를 전하여 비중을 수선궁으로 오게 했다. 비중이 궁문 밖에 이르니 곤연이 나와 말했다.

"비 대부 나으리! 마마께서 밀지 한 통을 내리셨으니 가져다가 보소서. 기밀을 누설해서는 아니됩니다. 만약에 일이 성사되면 나중에 소 마마께서 결코 대부를 저버리지 않을 것입니다. 눈이 많으니 지체하지 말고 돌아가십시오."

곤연이 말을 마치고 곧장 궁으로 들어갔다 비중은 서찰을 받아들고 급히 집에 돌아와 밀실에서 개봉하여 살폈다.

'달기가 날더러 음모를 꾸며 강 황후를 해치라는 밀지로군!'

다 보고 나서 근심스런 생각에 잠겨 중얼거렸다.

'내가 생각해 보니, 강 황후는 바로 주상의 원비이고, 그의 부친은 동로東魯를 다스리는 동백후 강환초로서 백만의 정예부대를 거느리고 휘하장수가 1천여 명이나 되며, 장자 강문환姜文煥 또한 용맹이 삼군의 으뜸이고 힘이 만 명을 당해낼 수 있으니, 그를 어떻게 건드릴 수 있겠는가! 만약에 일이 잘못되면 그 해가 적지 않을 것이다. 그렇다고 지체하여 행하지 않으면 달기는 천자의 총비寵妃이므로, 그녀가 앙심을 품고서 잠자리에 들어 은밀히 소곤대거나 혹은 술자리에서 무고라도 한다면 나는 죽더라도 장사지낼 땅조차 없게 될 것이다!'

비중이 마음속으로 주저하면서 앉으나 누우나 불안하여 마치 가시가 등을 찌르는 듯했다. 종일토록 곰곰이 생각했으나 시행할 만한 계책이 떠오르지 않았다. 대청을 오가면서 술에 취하고 미친 듯 제정신이 아니었다.

그렇게 한창 고민하고 있을 때 10척이 넘는 키에 건장하고 용맹스러워 보이는 한 사람이 집 안뜰을 지나가는 게 보였다. 비중이 누구냐고 묻자, 그 사람이 황급히 앞으로 나와서 머리를 조아려 말했다.

"소인은 강환姜環입니다."

비중이 그 말을 듣고 다시 물었다.

"너는 내 집에 몇 년이나 있었느냐?"

강환이 대답했다.

"소인이 동로를 떠나 주인 어르신의 집에 온 지 5년이 되었습니다. 그 동안 주인 어르신의 보살핌을 받아 그 은덕이 산과 같으나 보답할 길이 없었습니다. 지금 어르신께서 사색에 잠겨 앉아계시는 줄을 모르고 번거롭게 했으니 부디 죄를 용서해 주십시오."

비중이 이 사람을 한번 보자 마음속에 계책이 떠올랐다. 비중은 곧장 말했다.

"일어서도록 하라. 나에게 너를 필요로 하는 일이 있는데 네가 기꺼운 마음으로 해줄지 모르겠구나. 내 청을 들어준다면 적잖은 부귀를 너에게 줄 것이니라."

강환이 말했다.

"주인 어르신께서 분부하신다면 어찌 힘을 다해 행하지 않겠습니까? 소인은 어르신의 은혜를 입었으니, 설사 소인이 끓는 물과 타는 불에 뛰어들어 만 번 죽더라도 망설이지 않을 것입니다."

비중이 크게 기뻐하면서 말했다.

"내가 종일토록 심사숙고했으나 시행할 만한 계책이 생각나지 않았는데 그 계책이 너에게 있을 줄을 누가 알았겠느냐! 만약에 일이 성사되고 나면 너는 틀림없이 금대를 허리에 차게 되고 그 복록이 결코 적지 않을 것이니라."

강환이 말했다.

"소인이 어찌 관직과 재물을 바라겠습니까? 어르신께

서 분부하시면 소인이 명대로 따르겠습니다."

비중이 강환의 귀에 대고 계책을 일러주었다.

"만약에 이 계책이 성사되면 너와 나는 무궁한 부귀를 누릴 것이지만, 일이 잘못되면 그 화가 보통 큰 것이 아니다. 절대로 누설해서는 아니된다!"

강환이 고개를 끄덕이면서 비밀을 맹세했다. 이어 비중이 자세하게 계책을 써서 남몰래 곤연에게 전달했다. 그러자 곤연이 서찰을 가지고 가서 달기에게 은밀히 아뢰었다. 곤연의 말을 들은 달기는 머지않아 정궁자리에 오르게 될 것을 생각하면서 크게 기뻐했다.

하루는 천자가 수선궁에서 한가로이 지내고 있는데 달기가 아뢰었다.

"폐하께서 신첩을 어여삐 여겨 몇 달 동안 대전에 오르지 않으셨으니, 바라건대 내일 조정에 납시어 문무백관들의 여망을 저버리지 마소서."

천자가 말했다.

"미인이 말한 바가 지극히 훌륭하도다! 지난날의 어질고 덕망이 높은 후비라 한들 어찌 이보다 뛰어나겠는가? 내일 조정에 나가 중요한 일을 결재하여 미인의 훌륭한 뜻을 저버리지 않겠노라."

천자는 이것이 비중과 달기의 계책인 줄도 모르고

다만 기뻐할 뿐이었다.

다음날 천자가 조회에 나갈 요량으로 수선궁을 떠나 어거를 타고 용덕전을 지나 분궁루分宮樓에 이르렀는데, 붉은 등이 줄을 늘어서고 향기가 자욱이 퍼졌다.

그때 분궁루의 문 모퉁이에서 한 사람이 튀어나왔다. 10여 척의 키에 두건을 머리에 두르고 보검을 손에 든 채 그는 호랑이처럼 달려나와 큰소리로 외쳤다.

"어리석은 임금이 무도하여 주색에 방탕하고 있으니, 내가 주인마님의 명을 받들어 어리석은 임금을 찔러 죽임으로써 성탕의 천하를 보전하고 나의 주인을 임금으로 모시려 한다!"

칼을 빼들고 돌진했으나 양쪽에는 많은 시어관들이 있었으므로, 그는 접근하기도 전에 이미 관원들에게 붙잡혀 오랏줄에 묶이고 말았다. 천자가 대노하여 대전 보좌에 오르자 문무백관이 알현의 예를 마쳤다. 천자가 말했다.

"무성왕 황비호와 아상 비간比干은 들으시오."

두 신하가 곧장 출반하여 엎드린 채로 "대령했습니다"라고 말했다. 천자가 하문했다.

"두 분 경들! 오늘 대전에 오를 때 심히 이상한 일이 있었소. 분궁루에서 어떤 자객이 칼로 짐을 찌르려 했는데 누구의 사주를 받았는지 모르겠소?"

황비호가 그 말을 듣고 크게 놀라 황급히 반열을 돌아보며 물었다.

"어제 어느 관원이 대전에서 숙직했소?"

신하 중에서 총병總兵벼슬을 하고 있는 노웅魯雄이 출반하여 엎드린 채 아뢰었다.

"신이 대전에서 숙직했습니다만 결코 괴이한 일은 없었습니다. 그 자객은 틀림없이 5경에 백관들 틈에 섞여 분궁루 안으로 들어왔을 것입니다. 그렇지 않으면 어찌 이런 괴이한 일이 일어나겠습니까?"

황비호가 "자객을 데려오너라!" 하고 분부하자, 여러 관원들이 자객을 끌고 와서 전 앞에 꿇어앉혔다.

"여러 경들 중에서 누가 짐을 대신하여 문초하겠소?"

반열 중에서 불쑥 한 사람이 나와 절을 하고 아뢰었다.

"신 비중이 재주는 없으나 문초하여 아뢰겠습니다."

비중이 문초관이 아닌데도 나선 것은 그만한 뜻이 있어서였다. 그렇지만 아무도 의심하지 않았다.

천자가 허락하자 비중이 자객을 끌고 나가 궐문 밖에서 문초했는데, 형벌을 쓰지 않고서도 이미 역모를 밝혀냈다. 비중이 대전에 나가 천자를 뵙고 엎드려 아뢰었다. 그렇지만 백관들은 그것이 이미 짜인 계책이라는 것을 몰랐다.

천자가 말했다.

"문초하니 무슨 말을 했는가?"

비중이 아뢰었다.

"신은 감히 아뢰지 못하겠습니다."

"경은 이미 그자를 문초하여 확증을 얻었을 터인데 어찌하여 아뢰지 않겠다는 것인가?"

"신의 죄를 용서하신다면 아뢸 수 있겠습니다."

"경을 용서하여 죄가 없도록 하겠노라."

"자객의 이름은 강환姜環인데 동백후 강환초의 가병장[家將]으로, 중궁 강 황후의 밀지를 받들고 폐하를 시해하여 천자의 보위를 찬탈하고 강환초를 천자로 삼을 의도였다 합니다. 그러나 다행히 종묘사직에 영험함이 있고 천지신명이 비호하며 폐하의 홍복이 하늘과 같아 역모가 발각되어 즉시 사로잡을 수 있었습니다."

말이 끝나기도 전에 천자가 어탁을 치며 말했다.

"강 황후는 짐의 원비인데도 어찌 감히 무례하게 대역을 꾸밀 수 있단 말인가! 속히 서궁 황 귀비에게 중궁을 문초하여 아뢰도록 하라."

천자가 벽력같이 화를 내면서 수레에 올라 수선궁으로 돌아갔다.

한편 여러 대신들은 의론이 분분하여 진위를 가리기 어려웠다. 반열 중에서 상대부 양임楊任이 무성왕에게 말했다.

"강 황후께서는 정숙하고 현덕하며 자상하고 인애하시며 궁 안을 다스리는 데 법도가 있습니다. 소관이 생각하기로는 그 안에 반드시 왜곡되어 분명치 못한 말이 있을 것이며 궁 안에 틀림없이 사사로운 밀통이 있을 것입니다. 여러 대신들과 대부들은 퇴조하지 마시고 서궁 황 마마의 소식을 듣고서 논의를 결정하십시오."

백관이 모두 대전에 모여 흩어지지 않았다.

그러는 동안 시어관이 어지를 받들고 중궁에 이르자, 강 황후가 어지를 접하고서 무릎 꿇고 시어관의 낭독을 들었다.

조칙을 내리노라. 황후는 중궁의 올바른 지위와 대지에 짝하는 덕으로 천자를 공경하는 귀한 몸이로다. 그런고로 밤낮으로 조심스런 마음으로 삼가 덕을 수양하여 부인으로서의 법도를 잃지 않고 조화롭게 내조를 할 생각은 해야 마땅하다. 그럼에도 감히 대역무도함을 자행하여 무사 강환을 시켜 천자를 급습케 했도다. 다행히 천지신명의 영험함이 있어 대역적을 즉시 포획하여 궐문에서 문초했더니, 황후가 그 아비 강환초와 함께 대역을 공모하여 천자의 보위를 넘보았다고 실토했노라. 불변의 도덕률을 어겼으며 삼강을 모두 저버렸으니, 시어관은 중궁을 서궁으로 끌고 가 철저하게 문초하여 엄중하게 처벌토록 하라. 결코 인정에 구애되어 사정을 돌보지 말지니 죄를 지으면 벌을 받아야 마땅하도다. 이에 특별히 조칙을 내리노라.

모두 듣고 난 강 황후는 방성통곡하면서 말했다.
"억울하도다, 억울한지고! 어떤 간사한 도적이 일을 꾸며 나에게 이런 용서받지 못할 죄명을 덮어씌운 것이로다. 가련하구나! 오랜 세월을 궁궐에서 지내면서 부지런히 애쓰느라 아침 일찍 일어나고 밤늦게 잠들곤 했는데, 어찌 감히 경솔하게 망령된 짓을 하여 부인으로서의 법도를 잃겠는가? 지금 황상께서 깊은 내력을 살펴보지도 않고 나를 서궁으로 끌고 가라 하시니 생사존망을 알지 못하겠구나!"

강 황후가 슬피 통곡하면서 눈물로 옷깃을 적셨다.
시어관이 강 황후를 대동하고 서궁에 이르렀는데 황귀비는 어지를 앞에 놓고 국법을 받들 채비를 했다. 강 황후가 무릎 꿇고 말했다.
"나 강씨는 처신을 올바로 하여 충직하고 어진 마음이라는 말을 들으며 살고 있으니 이는 천지신명께서 나의 마음을 증명해 줄 것이오. 지금 불행하게도 모함을 받고 있으니 바라건대 현비賢妃는 나의 평소행실을 참작하여 나를 대신하여 이 억울함을 풀어주시오!"

황 귀비가 말했다.

"성지에 황후께서 강환에게 임금을 시해하라고 명하여 동백후 강환초에게 나라를 바치고 성탕의 천하를 찬탈하려 했다 합니다. 이는 예의와 윤리를 어지럽히는 중차대한 일로서 부부간의 대의를 저버리고 원비로서의 은정을 끊어버린 것이니, 만약에 이것이 사실이라면 마땅히 9족을 멸할 것입니다!"

"현비께 말하리다. 알다시피 나 강씨는 강환초의 딸로, 아버지는 동로를 다스리는 5백 진鎭 제후의 우두머리로 관직은 최고의 품계에 있지 않소이까? 지위 또한 삼공을 제압하고 몸은 황제의 인척이고 딸은 중궁이 되었으며 또한 4대 제후 중에서도 첫째입니다. 또한 내가 낳은 아들 은교殷郊가 이미 동궁이 되었으므로, 성상께서 승천하신 뒤에 내 아들이 보위를 승계하면 나는 태후가 될 것입니다. 아비가 천자가 되어 자기 딸을 태묘에 배향한다는 말은 들어보지 못했소. 내가 비록 아녀자라고는 하지만 그처럼 어리석은 바보는 아니지요. 또한 천하의 제후는 나의 부친 한 명만이 아니니 만약에 천하에서 일제히 대역죄를 다스리는 군대를 일으킨다면 어떻게 오랫동안 버틸 수 있겠소? 바라건대 현비는 자세히 살펴 나의 이 원통함을 풀어주시오. 나는 결코 그러한 일을 하지 않았소. 청컨대 폐하께 다시 아뢸 적에 나의 충정을 전달해 주시면 그 은혜를 어찌 잊으리까?"

말을 마치기도 전에 재촉하는 어지가 또 내려왔다. 황 귀비는 수레에 올라 수선궁으로 가서 명을 기다렸다.

천자가 황 귀비에게 궁으로 들어오라 하자 가서 알현의 예를 올렸다. 천자가 말했다.

"그 천인이 시인을 했소?"

황 귀비가 아뢰었다.

"어지를 받들어 강 황후를 엄중 문초했으나, 결코 한 점의 사사로움도 없었으며 진실로 정숙하고 어진 덕성을 지니고 있었습니다. 황후는 원비로서 오랜 세월 동안 모시면서 폐하의 은총을 입었으며, 전하를 낳아 이미 태자가 되셨으므로 폐하께서 만세를 누리신 뒤에 붕어하시면 강 황후가 태후가 될 터인데, 무엇이 부족하여 감히 양심을 속이고서 이런 멸족의 화를 자초하겠습니까! 또한 강환초는 동백후의 관직과 황친皇親의 지위에 있으며 제후들의 존경을 받는 신하로서 최고의 품계에 올라 있는데, 무엇 때문에 감히 자객을 보내 천자를 시해하려 했겠습니까? 결코 그럴 리가 없습니다. 황후는 절통함이 골수에 사무치고 있으며 억울한 누명을 뒤집어 쓴 채 원한을 품고 있습니다. 설령 황후께서 지극히 어리석다 하더라도, 아비가 천자가 되면 딸은 태후가 될 수 없고 조카가 제위를 잇게 된다는 것을 어찌 모르겠습니까? 첩이 바라건대 폐하께서는 황후의 억울한 누명을 잘 살펴 벗겨주심으로써, 원비가 무고를 당하지 않게 하여 성덕에 어긋남이 없도록 하소서. 다시 엎드려 청하건대 태자의 생모임을 감안하시고 불쌍히 여겨 용서하소서. 그것은 소첩이 진정으로 바라는 바이며 황후의 온 집안이 진정으로 바라는 바입니다!"

천자가 다 듣고 나서 스스로 생각했다.

'황 귀비의 말이 매우 타당하니 과연 그러한 일이 없었다면 틀림없이 무슨 곡절이 있을 것이다!'

한창 머뭇거리면서 결정을 내리지 못하고 있을 때 달기가 옆에서 빙그레 미소짓고 있었다. 달기가 미소짓는 것을 본 천자가 물었다.

"미인은 미소만 짓고 말은 아니하니 무슨 일인가?"

달기가 대답했다.

"황 마마는 강 황후에게 현혹당했나이다. 자고로 일을 꾸미는 사람은 잘되면 스스로를 자랑하고 잘못되면 남의 탓을 하는 법이랍니다. 하물며 대역무도를 저지름은 그 일이 천지간에 중차대하므로 어찌 가볍게 시인하겠나이까? 또한 강환은 그의 부친이 부리던 사람으로 이미 주인이 시켰다고 자백했으니 어떻게 발뺌할 수 있겠나이까? 또한 세 궁의 후비 중에서 다른 사람은 연루시키지 않고 단지 강 황후만을 지목했으니 그 가운데 어찌 무슨 관련이 없겠나이까? 아마도 중벌을 내리지 않으시면 결코 순순히 시인하지 않을 것이오이다. 바라건대 폐하께서는 상세히 살피소서."

천자가 말했다.

"미인의 말에도 일리가 있도다."

황 귀비가 옆에서 말했다.

"소달기는 그런 말을 함부로 하지 말라! 황후는 바로 천자의 원비이시며 천하의 국모로서 지극히 존귀한 분이다. 삼황이 세상을 다스리고 오제가 임금이 된 이래로, 황후가 설사 대죄를 지었다 하더라도 다만 지위를 격하시켰을 뿐 결코 정궁을 죽이는 예는 없었느리라."

달기가 결코 물러서지 않으며 천자를 향해 말했다.

"국법이란 천하를 위해 세워진 것으로 천자는 하늘을 대신하여 집행할 뿐 사리사욕의 수단으로 쓸 수는 없나이다. 또한 국법을 어긴 자는 존비귀천을 가리지 않고 똑같이 벌을 받아야 마땅하오이다. 폐하께서 어지를 내리시어 황후가 자백하지 않으면 눈 하나를 도려내라고 하소서. 눈이란 마음의 창이므로 눈을 도려내는 고통을 두려워하여 스스로 자백할 것이오이다."

천자가 말했다.

"달기의 말이 또한 옳도다."

황 귀비는 강 황후의 눈을 도려낸다는 말을 듣자 마음이 몹시 조급해져서 하는 수 없이 수레에 올라 서궁으로 돌아갔다. 수레에서 내려 황후를 뵙자 눈물을 흘리고 발을 동동 구르면서 말했다.

"달기는 바로 황후의 백세百世의 원수입니다! 만일에 황후께서 자백하지 않으면 곧장 한 쪽 눈을 도려내라는 끔찍한 말을 임금 앞에서 투기로서 아뢰었습니다. 그러니 소녀를 믿고 자백하기만 하면 됩니다! 역대의 군왕은 결코 정궁을 해치는 법이 없었으니 틀림없이 불유궁不遊宮에 폄적하면 그만일 것입니다."

강 황후가 울면서 말했다.

"현비의 말은 비록 나를 위한 것이지만, 나는 평생에 예교를 알고 있는 사람이오. 어떻게 이러한 대역의 일을 기꺼이 자백하여 부모님께 치욕을 남기고 종묘사직에 죄를 지을 수 있겠소? 또한 아내가 남편을 죽인다는 것은 풍속과 교화를 해치고 삼강오륜을 무너뜨리는 것으로, 나의 부친은 불충불의한 간신이 되고 나는 가문을 욕되게 한 천한 무리가 될 것이오. 그렇게 되면 악명이 천 년 동안 남게 되어 후인들이 이를 갈면서 이 일을 얘기할 것이며, 또한 태자는 태자의 지위[儲位]를 편안히 할 수가 없을 것이오. 이렇듯 관련된 일이 매우 크니 어떻게 경솔하게 함부로 자백할 수 있겠소? 내 눈 한 쪽을 도려내는 것은 물론이고 끓는 솥에 던져지거나 천만 번 능지처참을 당한다 하더라도, 그것은 전생에서 지은 죄를 금생에서 업보를 받는 것이니 어찌 대의를 그르칠 수 있겠소? 옛말에 이르길 '뼈를 가루내고 몸을 바순다 하더라도 모두 두려워하지 않고 오로지 인간세상에 청백함을 남긴다'고 했소."

말을 채 끝내기도 전에 어지가 당도했다.

"강 황후가 자백하지 않으면 즉시 한 쪽 눈을 도려낼지어다!"

황 귀비가 말했다.

"빨리 자백해 버리소서!"

강 황후가 통곡하면서 말했다.

"설사 죽는다 하더라도 어찌 함부로 자백할 수가 있겠소?"

시어관이 백방으로 협박했으나 황후는 받아들이지 않았다. 시어관은 할 수 없이 임금의 명에 따라 칼을 들었다.

"죄인은 칼을 받으라!"

마침내 시어관이 강 황후의 눈 하나를 도려냈다. 석류보다 붉은 피가 옷깃을 물들였고, 황후는 외마디 비명과 함께 혼절하고 말았다. 황 귀비가 황급히 좌우 궁인들에게 부축하라고 하여 마구 흔들었으나 깨어나지 못했다.

황후가 이런 처참한 형벌을 당하는 것을 보자 황 귀비의 눈에서는 끊임없이 눈물이 흘러내렸다. 아직도 피가 뚝뚝 떨어지는 도려낸 눈 하나를 시어관이 쟁반에 담아 황 귀비와 함께 천자에게로 돌아갔다.

천자가 급히 물었다.

"그 천인이 다 자백했소?"

황 귀비가 아뢰었다.

"황후는 결코 그러한 사실이 없으니 엄한 추궁에도 불구하고 어찌 대절大節을 잃으려 하겠습니까? 어지를 받들어 눈 하나를 담아왔습니다."

황 귀비가 피가 흐르는 황후의 눈을 바쳤다. 천자는 차마 황후의 눈동자가 담긴 쟁반을 똑바로 바라볼 수 없었다. 마음이 찢어질듯 아팠다. 오랜 세월을 사랑한 사람이었지만 이제는 후회해도 소용없는지라 고개를 숙이고 말없이 상심에 젖어 있었다. 그러다가 문득 고개를 돌려 달기를 꾸짖었다.

"방금 전에 너의 말을 경솔하게 믿고 황후의 눈을 도려냈는데도 자백하지 않았으니 그 허물을 장차 누구에게 돌리려느냐? 이 일은 모두 그대의 경거망동에서 비롯된 것이로다. 만약에 백관이 복종치 않으면 어찌한단 말이냐! 어찌한단 말이냐!"

달기가 당당하게 말했다.

"황후가 자백하지 않는다면 백관이 또한 이 일로 말을 할 것이니 어떻게 여기에서 그만두겠나이까? 또한 동백후는 한 나라를 다스리고 있으므로 반드시 딸을 위해 원한을 씻으려 할 것이오이다. 그러니 이 일은 모름지기 황후에게 자백을 받아내야만 비로소 백관과 만백성의 입을 막을 수 있사오이다."

천자는 숫양이 울타리를 들이받다가 뿔이 걸려 진퇴양난에 처한 것처럼 조급한 마음에 말없이 주저하면서 한참 뒤에 달기에게 물었다.

"지금과 같은 경우에 어떤 방법으로 대처하는 것이 좋겠느냐?"

달기가 대답했다.

"일이 이미 여기까지 이르렀으니 한번 시작한 이상 철저하게 마무리져야 하오이다. 자백을 받아내면 다른 말이 없이 조용해질 것이나 자백을 못 받아내면 의론이 바람처럼 일어나 결국 편안치 못할 것이오이다. 지금과 같은 경우에는 엄한 형벌과 가혹한 고문만 있으면 그가 자백하지 않을 것은 걱정하지 않으셔도 되오이다. 지금 당장 어지를 내리시어 귀비로 하여금 구리기둥 하나에 숯불을 넣어 벌겋게 달구도록 하시고서, 만약에 황후가 순순히 자백하지 않으면 그의 두 손을 태우라 명하소서. 열 손가락은 마음에 이어져 있으므로 그 고통을 당해낼 수 없을 것이니, 반드시 자인하고 말겠지요!"

천자가 놀라 말했다.

"황 귀비의 말에 따르면 황후는 그러한 일을 하지 않았다는데, 지금 다시 참혹한 형벌로 중궁을 문초한다면 아마도 백관들이 다른 의론을 제기할 것이니라. 눈을 도려낸 것도 이미 잘못되었는데 어찌 거기에다 더할 수 있겠느냐?"

"폐하께서는 잘못 생각하고 계시오이다! 일이 여기까지 이르러 호랑이를 탄 형세가 되고 말았으니, 차라리 황후를 가혹하게 문초해야만 폐하께서는 천하제후들과 온 조정의 문무백관들에게 죄를 짓지 않게 될 것입니다."

어리석어진 천자는 하는 수 없이 그 말을 따랐다.

"계속해서 시인하지 않으면 두 손을 지져 태울 것이며 인정에 얽매어 사정을 보아주어서는 안될지니라!"

황 귀비는 이 말을 듣자 정신이 아득했다. 수레에 올라 궁으로 돌아가서 강 황후를 보았더니, 가련하게도 황후는 아직도 땅바닥에 쓰러져 피로 옷깃을 적시고 있었는데 그 처참한 광경은 차마 눈뜨고 볼 수 없었다.

황 귀비가 방성통곡하면서 말했다.

"우리 현덕하신 마마! 황후께서 전생에 무슨 죄악을 지었기에 이런 끔찍한 형벌을 받는단 말이오!"

이윽고 강 황후를 부축하여 위로하면서 말했다.

"현후 마마! 제발 자백해 버리세요! 임금이 미혹되어 악독한 것의 말만 믿고 마마를 반드시 죽음에 이르게 할 것입니다. 만일에 마마께서 계속해서 자백하지 않으시면 구리기둥에다 두 손을 지져 태워버린다 합니다. 그처럼 참혹함을 내 어찌 차마 볼 수 있으오리까!"

강 황후는 피눈물로 얼굴이 범벅이 된 채 통곡하면서 말했다.

"나는 전생에 지은 죄가 막중하니 한 번 죽는 것을 어찌 피하리오! 다만 귀비가 나 대신 결백을 증명해 준다면 죽더라도 눈을 감을 수 있을 것이오!"

말을 마치기 무섭게 시어관이 벌겋게 달궈진 구리기둥을 밀고 와서 어지를 전했다.

"만일에 황후가 시인하지 않으면 즉시 그의 두 손을 태우도록 하라!"

강 황후는 마음이 돌처럼 굳세고 의지가 강철처럼 단단했으니, 어찌 이러한 무고한 일을 시인하려 하겠는가.

"하늘에 두고 맹세컨대, 결코 그런 모반을 꾀한 적이 없도다!"

그러자 시어관이 다짜고짜 구리기둥을 황후의 두 손에 가져다 댔다.

차마 눈뜨고는 못 볼 광경이었다. 황후의 여린 살가죽이 금방 녹아떨어지고 누런 연기와 함께 뼈가 타들어 갔다. 살이 녹고 타는 냄새 또한 필설로 형용할 수 없을 정도였다. 열 손가락의 고통이 심장까지 전해져 가련하게도 황후는 또다시 혼절하고 말았다.

이러한 광경을 보자 황 귀비는 가슴을 칼로 저미고 기름으로 태우는 것처럼 아팠다. 귀비는 같은 처지의 신세를 슬퍼하여 한바탕 통곡하고 나서, 수선궁으로 가서 천자를 배알했다.

황 귀비가 눈물을 머금고서 아뢰었다.

"참혹한 형벌로 여러 번 엄중히 심문했으나 결코 자객을 보낸 사실이 없다고 했습니다. 다만 험진 것들이 안팎으로 밀통하여 중궁을 해친 것으로 짐작되니 정황이 바뀌면 그 화가 적지 않을까 두렵습니다."

천자가 듣고 크게 놀라 달기를 바라보며 말했다.

"이 일은 모두 미인의 입방정으로 비롯된 일이오. 이미 이처럼 되었으니 어찌하리, 어찌하리오!"

달기가 무릎 꿇고 아뢰었다.

"폐하께서는 걱정하실 필요가 없나이다. 자객 강환이 아직 있으니 위무대장군 조전晁田과 조뢰晁雷에게 어지를 전하시어, 강환을 서궁으로 압송하여 두 사람을 대질심문케 하신다면, 그래도 설마 황후가 발뺌을 하겠나이까? 이번에는 반드시 시인하고 말 것이오이다."

천자는 이미 호랑이 등에 탄 신세였다. 그리하여 달기의 말을 따를 수밖에 없었다.

"자객을 압송하여 대질심문토록 하라."

주위에서 곧 어지를 전했다.

方弼方相反朝歌

방필과 방상이 조가에 반역하다

이윽고 조전과 조뢰가 강환을 서궁으로 압송하여 무릎을 꿇렸다.

황 귀비가 말했다.

"강 마마! 마마의 원수가 왔습니다."

모함으로 억울하게 형벌을 받은 황후가 하나 남은 눈을 부릅뜨고 큰소리로 꾸짖었다.

"네 이 도적놈! 누구에게 매수당했기에 나를 모함하느냐? 감히 나를 임금을 시해하려 한 주모자라고 무고하다니! 천지신명이 또한 너를 가만두지 않을 것이니라!"

강환은 두려웠으나 이미 계획한 대로 말했다.

"마마, 그런 말씀 마소서. 마마께서 소인에게 시켰으니 소인이 어찌 감히 뜻을 어기리까? 이제 와서 마마께서는 변명하실 필요가 없습니다."

황 귀비가 대노했다.

"강환! 네 이놈! 이처럼 처참한 형벌을 받고 무고하게 목숨이 끊어지게 되신 황후마마를 네 눈으로 똑똑히 보아라! 천지신명이 반드시 너를 능지처참할 것이니라!"

한편 동궁의 태자 은교殷郊와 둘째전하 은홍殷洪 형제는 한가롭게 바둑을 두고 있었는데, 동궁을 관장하는 태감 양용楊蓉이 와서 아뢰었다.

"전하! 큰 환난이 닥쳤습니다!"

태자 은교는 이때 겨우 14살이었고 둘째전하 은홍은 겨우 12살이었으므로 어린 나이에 아직 장난을 좋아하여 그 말에 그다지 신경 쓰지 않았다.

양용이 다시 아뢰었다.

"전하! 바둑을 그만두십시오. 지금 궁궐에서 환난이 일어나 나라가 망하게 되었습니다."

그제야 전하가 황급히 물었다.

"무슨 큰일이 일어났기에 환난이 궁궐에까지 미쳤단

말이오?"

양용이 눈물을 머금고 말했다.

"전하께 아뢰옵니다. 황후마마께서 누군지 모르는 사람에게 모함을 당하셨는데, 천자께서 진노하시어 서궁에서 황후마마의 한 쪽 눈을 도려내고 두 손을 태우게 했다 합니다. 지금은 자객과 대질심문을 받고 계시오니 전하께서는 속히 마마를 구하소서!"

은교가 깜짝 놀라 비명을 지르며 동생과 함께 곧장 서궁으로 갔다. 궁에 들어가 급히 전 앞에 도착했더니 온몸이 피투성이가 된 모친이 보였다.

"아아, 어찌 이런 일이 있을 수 있단 말인가!"

불에 탄 두 손에서 나는 냄새는 차마 맡을 수가 없을 정도였고, 머리는 산발한 채 예전의 그 아름다움은 간데 없었다. 은교가 비통함으로 몸을 떨며, 땅에 엎드려 있는 황후 가까이로 무릎걸음으로 가서 울면서 말했다.

"마마! 무슨 일로 이런 처참한 형벌을 당하셨습니까! 아무리 큰 죄를 지었다 하더라도 어머님은 중궁의 자리에 계시는데 어찌 이리 쉽사리 형벌을 내릴 수 있단 말입니까?"

강 황후가 아들의 목소리를 듣고 한 쪽 눈을 겨우 떠서 아들을 보며 대성통곡했다.

"내 아들아! 너는 울지 말고 나의 눈을 도려내고 손을 불태운 이 처참한 형벌을 똑똑히 보아라. 이것은 강환이 내가 역모를 꾀했다고 모함하자 달기가 나의 손과 눈을 이렇게 하라고 참언을 올린 것이니, 너는 마땅히 어미를 위하여 원한을 씻어야 하느니라. 그 역시 내가 너를 키운 보람이 될 것이다."

강 황후는 말을 마치고 "원통하게 죽는구나!"라고 큰 소리로 오열하면서 숨이 끊어졌다. 태자 은교는 어머니가 죽는 것을 보고 또 강환이 옆에 무릎 꿇고 있는 것을 보고 황 귀비에게 물었다.

"어떤 놈이 강환입니까?"

황 귀비가 강환을 가리키며 말했다.

"무릎 꿇고 있는 저 악당이 바로 중궁마마의 원수입니다."

전하가 대노하여 서궁 문 위에 걸려 있는 보검을 손에 쥐고서 소리쳤다.

"이 역적놈! 네가 양심을 속이고 자객질을 해놓고서 감히 국모를 모함하여 해치다니! 내 네놈을 살려두면 천하의 불효자가 될 것이로다!"

은교가 보검을 내리쳤다.

강환의 몸뚱이는 단칼에 두 동강이 나고 말았다. 솟

구친 피가 온 땅에 질펀했다. 태자는 다시 "이제 달기를 죽여 어머니의 원수를 갚겠노라!"고 크게 외치면서 칼을 들고 나는 듯이 달려나갔다.

조전과 조뢰는 전하가 칼을 들고 나오면서 죽여버리겠다고 말하는 소리를 듣고 곧장 몸을 돌려 수선궁으로 뛰어갔다. 황 귀비는 전하가 강환을 죽이고서 칼을 들고 궁을 나간 것을 보자 크게 놀라며 말했다.

"전하가 사태를 잘 모르고 있도다!"

급히 은홍을 불렀다.

"빨리 쫓아가 형님께 돌아오라 하시오! 내가 드릴 말씀이 있다고 하시오!"

은홍이 궁을 나가 쫓아가면서 소리쳤다.

"황형皇兄! 황 마마께서 형님께 드릴 말씀이 있다고 빨리 돌아오라 하십니다!"

은교가 그 말을 듣고 다시 서궁으로 돌아오자, 황 귀비가 말했다.

"전하! 전하가 조급하게 성을 내어 강환을 죽이고 말았으니 이제 문초할 사람이 없어졌소. 전하가 기다렸다면 내가 구리기둥으로 그의 손을 지지는 엄한 형벌로 심문하여, 그가 자백하고 난 뒤에 누가 주모자인지를 알아 폐하께 고하려 했었소. 그런 터에 전하는 칼을 들고 궁을 나가 달기를 죽이겠다고 달려갔으니, 아마도 조전과 조뢰가 수선궁으로 가서 미혹에 빠진 임금을 만난다면 전하께 화가 적지 않을 것이오!"

황 귀비의 말을 들은 은교와 은홍은 후회막급이었다.

한편 조전과 조뢰가 궁문으로 뛰어들어 황급히 궁 안에 전갈을 보내고 말했다.

"두 전하가 칼을 들고 쫓아옵니다."

천자가 이를 듣고 분노했다.

"맹랑한 놈들 같으니! 황후가 역모하여 암살을 꾀한 것도 아직 처형하지 않았는데, 이 불효자식들이 감히 칼을 들고 아비를 시해하려 하다니! 모름지기 역적의 씨는 버려둘 수가 없도다. 조전과 조뢰에게 명하노니 용봉검龍鳳劍을 가져가서 두 불효자식의 목을 베어와 국법을 바로잡으라!"

조전과 조뢰가 검을 받아들고 서궁에 도착했다. 그때 서궁의 시어관이 와서 황 귀비에게 아뢰었다.

"천자께서 조전과 조뢰에게 명하여 용봉검으로 두 전하를 주살하라 하셨습니다."

황 귀비가 급히 궁문으로 갔더니 조전 형제가 천자의 용봉검을 들고 와 있었다. 귀비가 물었다.

"너희 두 사람은 무슨 일로 다시 나의 서궁에 왔느냐?"

조전이 황 귀비를 뵙고 대답했다.

"신 조전은 황상의 명을 받들고 두 분 전하의 목을 베려 합니다. 이로써 아비를 죽이려 한 죄를 다스리고자 합니다."

황 귀비가 큰소리로 꾸짖었다.

"이 무례한 것들! 방금 전에 태자께서 너희들을 따라 함께 서궁을 나가셨으니, 마땅히 동궁으로 가서 찾을 일이지 어찌하여 다시 이곳으로 와서 찾는단 말이냐? 이제 보니 네놈들은 천자의 어지를 빙자하여 내궁을 염탐하면서 비빈들을 희롱하는구나. 만약에 천자의 보검만 아니었다면 임금을 기만하고 웃전을 속이는 너희 두 놈의 모가지를 당장에 베어버렸을 것이니라. 그래도 속히 물러가지 못할까!"

조전 형제는 겁을 잔뜩 먹고 혼비백산하여 감히 올려다보지도 못한 채 "예예" 대답하고 마침내 동궁으로 갔다. 황 귀비는 급히 궁 안으로 들어와 은교 형제를 불러놓고 울면서 말했다.

"미혹에 빠진 임금이 아내를 죽이고 자식까지 죽이려 하니, 서궁에서는 더 이상 두 분 전하를 보호해 드릴 수가 없습니다. 잠시 형경궁馨慶宮의 양 귀비에게로 가서 하루나 이틀 피신해 있으시오. 만약에 대신들이 간언하여 구해 준다면 그때는 일없이 목숨을 보전할 수 있을 것입니다."

두 전하가 나란히 무릎 꿇고 눈물을 뿌리며 말했다.

"귀비마마! 이 은혜를 언제나 갚겠습니까? 다만 어머님이 돌아가셨는데도 신체가 그냥 버려져 있으니, 바라건대 마마께서 하늘과 땅의 인자하신 마음으로 원통하게 돌아가신 어머님을 위해 조각판자로나마 몸을 덮어주신다면, 하늘처럼 높고 땅처럼 두터운 그 은혜를 어찌 감히 잊겠습니까!"

황 귀비가 말했다.

"그 일은 모두 내게 맡겨두고 두 분은 어서 떠나시오. 내가 폐하께 고하여 처리할 것이오."

두 전하가 궁문을 나와 곧장 형경궁으로 갔는데 그때 양 귀비는 궁문에 기대어 황후의 소식을 기다리고 있었다. 두 전하가 앞으로 나아가 땅에 엎드려 울면서 절하자 귀비가 놀라 물었다.

"두 분 전하! 마마의 일은 어찌되었소?"

은교가 울면서 호소했다.

"부왕이 달기의 말만 믿고 모친의 한 쪽 눈을 도려내고 두 손을 불에 태워 비명에 돌아가시게 했습니다. 그런데 지금 다시 달기의 참언을 듣고 우리 두 형제를 죽이려 하니 이모께서 부디 우리 두 사람의 목숨을 구해 주십시오!"

양 귀비가 다 듣고 나서 눈물을 흘리며 오열했다.

"달기가 기어코 일을 저질렀도다. 전하! 빨리 궁으로 들어오시오."

두 전하가 궁으로 들어가고 난 뒤에 양 귀비는 곰곰 생각했다.

'조전과 조뢰가 동궁으로 갔다가 태자를 찾지 못하면 반드시 이곳에 와서 찾을 것이니, 두 분을 다른 곳으로 보내고 나서 다시 방도를 찾아야겠다.'

잠시 뒤 양 귀비가 궁문에 서 있는데 조전 형제가 사나운 호랑이처럼 나는 듯이 달려왔다.

"궁관들은 저기 오는 저 자들을 잡아들이라! 이곳은 깊은 내궁인데 외관 따위가 어찌 감히 들어온단 말이냐? 국법으로 참함이 마땅하도다!"

조전이 듣고 나서 앞으로 나가 아뢰었다.

"마마! 신 조전과 조뢰는 천자의 어지를 받들고서 두 분 전하를 찾고 있습니다. 주상께서 내리신 용봉검을 뫼시고 있는지라 부득이 예를 올리지 못하는 것입니다."

양 귀비가 호통을 쳤다.

"전하는 동궁에 계시는데 너희는 어찌하여 형경궁으로 왔느냐? 천자의 어명만 아니라면 잡아다가 적신賊臣으로 문초했을 것이니라. 그래도 속히 물러가지 못할까!"

조전 등이 감히 대답하지 못하고 하는 수 없이 물러가면서 의논했다.

"이 일을 어떻게 하면 좋을까?"

조뢰가 말했다.

"세 궁에는 없으며 또한 궁 안은 생소하고 내궁의 길은 잘 모르니, 잠시 수선궁으로 돌아가 천자를 뵙고 아뢰도록 합시다."

두 사람이 돌아가자, 양 귀비는 궁으로 들어가 두 분 전하에게 말했다.

"이곳은 남들의 이목이 많아 두 분 형제께서 계실만한 곳이 못됩니다. 임금과 신하가 어리석어 부인을 죽이고 자식까지 죽이려 하니 법도가 무너져도 크게 무너지고 인륜에 순차가 없어졌습니다. 지금 조정에 문무백관이 돌아가지 않고 있을 것이니 두 분 전하는 대전으로 가십시오. 그곳에서 황족이신 미자·기자·비간·미자계·미자연과 무성왕 황비호를 만나 부왕이 두 분 형제를 해치려 한다고 말하시면 대신들이 두 분을 보호해 드릴 것이오."

두 전하가 듣고 나서 목숨을 보전하도록 가르쳐 준 이모의 은혜에 머리 조아려 감사드리고 눈물을 뿌리면서 헤어졌다. 양 귀비는 두 분 전하를 궁 밖까지 배웅하고 돌아와 수놓은 걸상에 앉아 스스로 생각하며 탄식했다.

'황후는 원비인데도 모함을 받아 이런 무자비한 형벌을 당했으니 우리 같은 사람이야 말할 게 있겠는가! 지금 달기가 폐하의 총애를 믿고 임금을 미혹하고 있으니, 만약에 두 분 전하를 내 궁에서 놓아주었다고 누군가가 고해 바친다면, 나에게 죄가 돌아와 역시 황후처럼 될 것이니 내가 어떻게 그러한 처참한 형벌을 당해낼 수 있겠는가? 동궁태자는 바로 자신의 친자식인데도 부자간의 천륜이 이와 같음이 되었구나. 삼강은 이미 끊어졌도다. 하물며 나는 임금을 수년 동안 모시면서 아들이나 딸을 단 한 명도 낳지 못했으니 머지않아 반드시 환난이 닥칠 것이다. 내 이후에는 틀림없이 좋은 결말을 맺을 수 없을 것이다.'

양 귀비는 반나절을 곰곰이 생각한 끝에 슬픔과 두려움에 스스로 상심하여 심궁에서 스스로 목매달아 죽었다.

한편 조전과 조뢰가 수선궁에 도착했을 때 황 귀비

가 와서 폐하께 고하고 있었다.

천자가 물었다.

"강 황후는 죽었는가?"

황 귀비가 아뢰었다.

"황후께서 임종하실 때 '내가 성상을 16년 동안 모시면서 두 아들을 낳아 큰아들은 이미 동궁이 되었노라. 내가 스스로 궁궐을 지키면서 근신하고 조심하여 새벽에 일찍 일어나고 저녁에는 늦게 자는 등 게으르지 않았으며 어전에서 또한 시샘이나 질투를 한 적이 없었소. 그런데 누가 나를 시기했는지 자객 강환이 매수되어 대역무도라는 죄명을 나에게 뒤집어 씌웠소. 그러더니 눈을 도려낸 것도 모자라 열 손가락을 태우고 뼈와 살을 깎아내는 이런 처참한 형벌을 받게 했소. 이로써 아들을 낳은 영화는 뜬구름이 되었고 폐하의 은애는 흐르는 물처럼 사라졌으며 몸은 죽어 금수만도 못하게 되었소. 이러한 억울한 원한을 씻을 길이 없으나 다만 후세에 전해지면 자연히 공정한 의론이 있을 것이오' 하면서 첩에게 이러한 뜻을 폐하께 전해달라고 천만 번 당부했습니다. 황후는 말을 마치고 숨이 끊어져 지금 그 시체가 서궁에 있습니다. 바라옵건대 폐하께서 태자를 낳은 원비의 처지를 생각하시고 관을 하사하여 백호전에 안치함으로써 그 예를 차리신다면, 문무백관들이 다른 논의가 없을 것이며 또한 임금으로서의 덕도 잃지 않을 것입니다."

천자가 "허락하노라" 하고 명을 내리자 황 귀비는 궁으로 돌아갔다.

조전이 어지에 대한 보고를 올리자 천자가 물었다.

"태자는 어디에 있느냐?"

조전 등이 아뢰었다.

"동궁을 샅샅이 찾았으나 행방을 알 수 없었습니다."

"틀림없이 서궁에 있었을 것이니라."

"서궁뿐만 아니라 형경궁에도 없었습니다."

"세 궁에 없다면 아마도 대전에 있을 것이니 반드시 체포하여 국법으로 바르게 다스리도록 하라."

조전이 어지를 받들고 궁을 나갔다.

한편 두 전하가 장조전長朝殿으로 가니 문무백관들이 모두 퇴조하지 않고 궁 안 소식을 기다리고 있었다. 무성왕 황비호가 다급한 발자국 소리를 듣고 공작병풍 사이로 바라보니 두 분 전하가 황망히 달려오고 있었다.

황비호가 나가 맞으면서 말했다.

"전하! 무슨 일로 이렇게 당황하십니까?"

은교가 무성왕 황비호를 보고 큰소리로 외쳤다.

"황 장군! 우리 형제의 목숨 좀 구해 주시오!"

말을 마치고 통곡하면서 황비호의 도포자락을 부여잡고 발을 구르며 말했다.

"부왕께서 흑백을 가리지도 않은 채 달기의 말만 믿고 모친의 한 쪽 눈을 도려내고 벌겋게 달군 구리기둥으로 두 손을 지져 서궁에서 어머님이 돌아가셨습니다. 황귀비께서 문초했으나 조금도 사실이 아니었답니다. 나는 중궁께서 그런 참혹한 형벌을 당하신 것을 보자, 다급한 마음에 앞뒤를 생각할 겨를이 없었습니다. 마침 모친 앞에 무릎 꿇고 대질심문을 받고 있던 강환이 있어 그를 죽이고 말았습니다. 나는 다시 칼을 들고 달려가 달기를 죽이려 했는데 뜻밖에 조전이 부왕께 아뢰자 부왕께서 우리 두 형제에게 죽음을 내렸습니다. 바라건대 여러 황친皇親께서 억울하게 돌아가신 나의 모친을 불쌍히 여겨 나 은교를 구해 주신다면 아마도 성탕의 한 가닥이 끊이지 않을 것입니다."

두 분 전하가 말을 마치고 방성통곡하자, 문무백관들이 모두 눈물을 머금고 앞으로 나와 말했다.

"국모께서 모함을 당하셨는데 우리들이 어떻게 앉아서 보고만 있을 수 있겠습니까? 천자께 청하여 그 일을 밝힌다면, 아마도 죄인을 붙잡아 황후의 원한을 씻을 수 있을 것입니다."

말을 마치기 전에 대전 서쪽에서 뇌성벽력 같은 고함소리가 들렸다.

"천자가 실성하여 부인을 죽이고 자식까지 죽이려 하고 있으며 포락의 형벌을 만들어 충신의 간언을 막으면서 무도함을 자행하고 있습니다. 대장부로서 황후를 위해 원한을 씻어주지도 못하고 태자를 위해 복수하지도 못한 채 눈물을 머금고 슬프게 울고만 있으니 이 무슨 아녀자 같은 추태란 말이오! 옛말에 이르길 '훌륭한 새는 나무를 가려서 깃들고 어진 신하는 군주를 가려서 벼슬 한다' 했소. 지금 천자가 무도하여 삼강이 이미 끊어졌고 대의가 어긋났으므로 천자는 천하의 주인이 될 수가 없으니 우리들은 또한 그의 신하가 되는 것이 부끄럽소. 우리는 차라리 조가朝歌에 반역하고 새로운 군주를 선택할 것이며 이 무도한 군주에게서 떠나 사직을 보전하겠소!"

모든 사람들이 놀라 보았더니 다름 아닌 진전鎭殿대장군 방필方弼과 방상方相 두 형제였다. 황비호가 이 말을 듣고 큰소리로 꾸짖었다.

"그대들은 고관으로서 어찌 감히 그런 무도한 말을 함부로 하는가! 조정 가득히 많은 대신이 보이지 않는가? 어떻게 너희 마음대로 되겠는가? 너희와 같은 난신적자는 끌어내야 마땅하도다. 그래도 물러가지 못하겠느냐!"

방필 형제의 기세는 금방 꺾였다. 그들은 머리를 수그린 채 "예예" 하고 대답할 뿐 감히 대꾸하지 못했다.

황비호는 국정이 무너지고 불길한 징조가 자주 나타나는 것을 보고 천심과 인심에 모두 난리의 조짐이 있는 것을 알았으므로 마음이 즐겁지 않아 묵묵한 채 말이 없었다.

미자·비간·기자 등 여러 대신들과 만조 문무백관들도 제각기 이를 갈며 장탄식을 했으나 정작 좋은 계책은 떠오르지 않았다.

그때 대홍포를 입고 허리에 보대를 찬 한 관리가 두 분 전하 앞으로 나와 말했다.

"오늘의 변고는 바로 종남산 운중자가 말한 바입니다. 옛말에 이르길 '임금이 올바르지 못하면 신하 중에 간사한 자가 생긴다'고 했습니다. 지금 천자께서 태사 두원선杜元銑을 억울하게 참수하고 간관 매백梅伯을 포락의 형벌로 죽였는데 오늘 다시 이런 변고가 있게 되었습니다. 황상께서 흑백을 가리지 않고 부인을 죽이고 자식까지 해치려 하니, 내가 생각건대 이 일은 틀림없이 간신이 꾸미고 역적이 시행한 것으로 그들은 도리어 옆에서 남몰래 웃고 있을 것입니다. 가련하게도 성탕의 사직이 하루아침에 폐허가 되고 말 것이니 아마도 우리들은 머지않아 결국 손에 오랏줄을 받게 될 것입니다."

말한 사람은 바로 상대부 양임楊任이었다. 황비호가 몇 차례 장탄식하고서 "대부의 말씀이 옳소!"라고 했다. 백관은 묵묵히 말이 없었고 두 분 전하는 계속 슬피 울었다. 그때 방필과 방상이 다시 사람들 사이를 헤치고 나왔다. 방필은 은교를 옆에 끼고 방상은 은홍을 옆에 끼고서 큰소리로 외쳤다.

"천자가 무도하여 자식을 죽여 종묘를 멸절하려 하고 부인을 주살하여 윤리를 무너뜨렸으니, 오늘 두 분 전하를 모시고 동로東魯로 가서 군대를 요청하여 어리석은 임금을 제거하고 성탕의 후사를 다시 세우겠다. 우리는 반역하노라!"

두 사람은 이렇게 외치고 나서 전하를 등에 업고 곧장 조가의 남문을 떠났다. 많은 문무백관들이 방필과 방상의 반역을 보고 대경실색했으나 황비호만은 모른 체했다.

아상 비간이 다가와 말했다.

"황 대인! 방필이 반역했는데 대인은 어째서 한 마디 말씀도 없으시오?"

황비호가 대답했다.

"애석하게도 문무신하 중에는 방필 형제와 같은 사람이 한 명도 없습니다. 방필은 우둔하고 거친 사람인데도 오히려 국모가 죄없이 모함을 받고 태자가 억울하게 죽는 것을 참지 못할 줄은 알고 있습니다. 그러나 감히 간언조차 할 수 없음을 알고 두 분 전하를 등에 업고 떠난 것입니다. 허나 폐하께서 어지를 내려 뒤쫓아가서 잡아오라 한다면 전하들은 죽임을 면치 못할 것이며 두 충신 또한 모두 살육당할 것입니다."

백관이 미처 답하기도 전에 뛰어오는 소리가 들렸다. 신하들이 보니 조전 형제가 천자의 보검을 받들고 와서 대전 앞에 이르러 말했다.

"대인 여러분! 두 분 전하께서 구간전에 오시지 않았습니까?"

황비호가 말했다.

"두 분 전하께서 방금 전에 대전에 오셔서 국모께서 죄없이 문초받고 주살당했으며 또한 태자에게 죽음을 내리려 한다고 눈물로 억울함을 호소하셨는데, 진전대장군 방필과 방상이 그 말씀을 듣고 울분을 이기지 못하여 두 분 전하를 등에 업고 도성을 떠났네. 아직은 그리 멀리 가지 못했을 것이니 그대들은 천자의 어지를 받들어

속히 가서 잡아와 국법을 바르게 하라."

조전과 조뢰는 방필 형제가 반역했다는 말을 듣고 겁에 질려 정신이 나간 듯했다. 그도 그럴 것이 방필은 신장이 3장 6척이고 방상은 3장 4척이었으니 조전 형제가 어떻게 감히 그들을 건드릴 수 있겠는가? 한 주먹만 맞아도 쓰러져 일어나지 못할 처지였다.

조전은 속으로 생각했다.

'이는 황비호가 분명히 나를 어떻게 해보려는 속셈인데 나에게도 방법이 있다.'

이렇게 생각하면서 말했다.

"방필이 이미 반역하여 두 분 전하를 모시고 도성을 떠났으니 소장이 궁으로 돌아가 폐하께 고하겠습니다."

조전이 수선궁에 이르러 천자를 뵙고 아뢰었다.

"신이 어지를 받들고 구간전에 당도했더니 문무백관이 퇴조하지 않고 있었는데 두 분 전하는 찾아도 보이지 않았습니다. 다만 백관들의 전하는 말로는, 두 분 전하가 문무대신을 만나 억울한 사정을 호소하자 진전장군 방필·방상이 두 전하를 보호하여 도성을 떠나 동로로 군대를 요청하러 갔다 합니다. 이에 어지의 결정을 청합니다."

천자가 대노하여 말했다.

"방필이 반역했다니 너는 속히 쫓아가 잡아올 것이며 결코 소홀히 하여 놓치지 말도록 하라!"

조전이 아뢰었다.

"방필은 천하장사로 용맹스러우니 신이 어찌 잡아올 수 있겠습니까? 모름지기 방필 형제를 잡는 일은 무성왕 황비호라야 성공할 수 있습니다. 전하 또한 놓치지 않을 것이오니, 폐하께서는 속히 친필조서를 내리소서."

천자가 말했다.

"속히 친필조서를 내릴 것이니 황비호에게 명하여 빨리 가서 잡아오도록 하라!"

조전은 제가 져야 할 책임을 황비호에게 떠넘긴 것이다. 어쨌든 조전이 친필조서를 받들고 대전으로 가서 무성왕 황비호에게 전하자, 황비호가 웃으면서 생각했다.

'내 그럴 줄 알았다. 이것은 조전이 나에게 책임을 떠넘긴 것이로다.'

황비호는 보검과 조서를 받아들자, 이틀 동안 쉬지 않고 8백 리를 달릴 수 있는 오색신우五色神牛에 올라 궐문을 나섰다.

한편 방필·방상은 두 전하를 등에 업고 단숨에 30리를 달려간 뒤에 내려놓았다. 전하가 말했다.

"두 분 장군! 이 은혜를 어느 날에나 갚을 수 있을는지 모르겠소."

방필이 말했다.

"전하께서 당한 억울한 모함이 참을 수 없고 마음으로부터 분개한 생각이 들어 신들은 조가에 반역했습니다. 이제는 앞으로 어떻게 빠져나갈 것인지를 의논할 때입니다."

한창 의논하고 있을 때 무성왕 황비호가 오색신우를 타고 나는 듯이 쫓아왔다. 방필과 방상은 당황하면서 황급히 두 전하에게 말했다.

"소장들이 한순간을 참지 못하여 이제 목숨이 끝장나게 되었으니 어찌하면 좋으리까!"

전하가 말했다.

"장군들이 우리 형제의 목숨을 구해 준 은혜에 대해서도 갚을 수가 없는데 어찌 이런 말씀을 하시오."

방필이 말했다.

"황 장군이 우리들을 잡으러 왔으니 이번에 잡혀가면 반드시 주살당할 것입니다."

은교가 급히 쳐다보니 황비호가 이미 앞에 당도해 있었다. 두 전하가 땅바닥에 무릎 꿇고 말했다.

"황 장군은 우리들을 붙잡아 가려고 여기에 오셨습니

까?"

황비호는 두 전하가 길에서 무릎 꿇는 것을 보자 신우에서 급히 내려 역시 땅에 무릎을 꿇고서 말했다.

"신은 만 번 죽어 마땅합니다. 전하! 일어나소서."

은교가 말했다.

"장군은 무슨 일로 여기까지 왔습니까?"

"어명을 받들고서 파견된 것으로 천자께서 용봉검을 내리셨습니다. 청컨대 두 분 전하께서 자결하시면 신이 그 결과를 천자께 고할 것입니다. 신이 감히 직접 전하를 시해할 수는 없으니 전하께서 스스로 목숨을 끊으십시오."

은교는 다 듣고 나서 동생과 함께 무릎 꿇고 말했다.

"장군은 우리 모자가 억울한 누명을 뒤집어썼다는 것을 잘 알고 있을 것입니다. 어머니께서 처참한 형벌을 당하여 그 원한의 넋을 달래드리지도 못했는데 다시 어린 아들을 죽인다면 온 가문이 멸절하는 것이 됩니다. 청컨대 장군은 억울한 죄를 뒤집어쓴 내 처지를 가엾게 여기고 천지의 인자한 마음을 베풀어 한 가닥 재생의 길을 내려주십시오. 만약에 안주할 수 있는 손바닥만한 땅이라도 얻는다면 살아서는 마땅히 은혜에 보답할 것이며 죽어서도 결초보은할 것입니다. 이 세상이 다하도록 감히 장군의 큰 덕을 잊지 않을 것입니다!"

황비호가 무릎 꿇고 말했다.

"신이 어찌 전하의 억울함을 모르겠습니까만 어명인지라 신도 어찌할 수 없습니다. 신이 전하를 놓아드린다면 그것은 임금을 속이고 국법을 어기는 죄가 됩니다."

은교는 마침내 이 환난에서 벗어날 수 없음을 스스로 헤아리고서 말했다.

"그럼 좋습니다. 장군은 이미 어명을 받들었으니 감히 국법을 어겨서는 안됩니다. 그러나 한 마디 할 말이 있는데 장군께서 은덕을 베풀어 한 가닥 살 길을 마련해 주실는지 모르겠습니다."

"전하! 생각하신 일이 계시면 꺼리지 말고 말씀하십시오."

은교가 말했다.

"장군! 나 은교의 목은 가지고 도성으로 돌아가 천자께 보고하되 가련한 내 어린 동생 은홍은 다른 나라로 도망갈 수 있도록 놓아주시오. 만일에 그가 훗날 장성하여 혹 군대를 빌려 원한을 갚고 어머니의 억울한 누명을 벗겨드릴 수만 있다면 나 은교는 비록 죽는다 하더라도 살아 있는 것과 다름없을 것입니다. 부디 장군은 불쌍히 여겨주시오!"

옆에서 은홍이 급히 나와 만류하면서 말했다.

"황 장군! 그렇게 해서는 안됩니다. 황형은 동궁태자이시지만 나는 일개 군왕郡王에 불과합니다. 또한 나는 나이도 어리고 크게 드러내 보일 것도 없으니 황 장군은 나 은홍의 목을 가지고 가서 보고하십시오. 황형께서 혹 동로東魯로 가시거나 서기西岐로 가셔서 한 무리의 군대를 빌려 모친과 동생의 원수를 갚을 수만 있다면 이 동생이 어찌 한 번 죽는 것을 아까워하겠습니까!"

그러자 은교가 나서서 동생 은홍을 끌어안고 목놓아 울면서 말했다.

"내가 어찌 어린 동생이 처참한 형벌을 받는 것을 참을 수 있겠는가!"

두 황자가 통곡하면서 서로 그만두려 하지 않고 계속 먼저 죽겠다고 나섰다. 방필과 방상은 이런 고통스런 상황을 보고 "사람을 고통으로 말려 죽이는구나!"라고 외치면서 마구 눈물을 흘렸다.

황비호는 방필에게조차 이러한 충성심이 있음을 보자 스스로도 차마 어찌할 수 없이 마음이 괴로웠으므로 이에 눈물을 머금고서 말했다.

"방필은 울지 말라. 두 분 전하께서도 상심하실 필요가 없습니다. 이 일은 오로지 우리 다섯 사람만 알고 있어야 합니다. 만일에 누설이 된다면 나의 일족이 온전치 못할 것입니다. 먼저 방필은 전하를 모시고 동로로 가서 강환초를 만나도록 하라. 그리고 방상은 남백후 악숭우鄂崇禹를 만나 말하고, 그에게 두 진에서 군대를 파병하여 간신을 처단하고 억울한 누명을 씻도록 하라고 전하라. 나 황비호는 그때에 맞춰 스스로 일을 처리할 것이니라."

방필이 말했다.

"우리 두 형제는 오늘 아침에 이러한 뜻밖의 일이 있을 줄을 몰랐으므로 조정에서 전하를 모시고 나올 적에 노자조차 가져오지 못했습니다. 지금 동쪽과 남쪽의 두 길로 나눠 떠나게 되었으니 이 일을 어찌하면 좋겠습니까?"

황비호는 한동안 곰곰이 생각하고 나서 말했다.

"내가 몸 안에 차고 다니는 보옥寶玉이 있으니 가는 길에 이것을 팔아 노잣돈으로 충당토록 하라. 금상자에 담겨 있으니 1백 금의 값어치는 될 것이다. 방필·방상 그대 형제는 마땅히 각별한 신경을 써야 할 것이니라. 일이 잘되면 그 공이 적지 않을 것이다."

이윽고 황비호는 전하들을 향해 말했다.

"두 분 전하께서도 가는 길에 옥체를 보중소서. 신은 이대로 궁으로 돌아가 어명에 보고를 올릴 것입니다."

황비호는 이렇게 말하고 나서 말에 올라 조가로 돌

아왔다. 도성에 들어갔을 때는 날이 이미 저물었는데도 백관이 아직 궐문 앞에 있었다. 황비호가 말에서 내리자 비간이 말했다.

"황 장군! 일은 어찌 되었소?"

"추격했으나 따라잡지 못했는지라 이렇게 돌아왔을 뿐입니다."

백관이 크게 기뻐했다.

황비호는 곧 궁으로 들어가 황명을 기다리자 천자가 물었다.

"그래, 그 난신적자를 잡아왔소?"

"신이 친필조서를 받들고 70리를 추격하여 세 갈래 길에 이르렀을 때 지나가는 행인들에게 물었으나 모두 보지 못했다고 했습니다. 그래서 신은 어지에 회답을 늦출까 걱정되어 하는 수 없이 돌아왔습니다."

"추격하여 따라잡지 못했다니 맹랑한 난신적자로다! 경은 잠시 물러가도록 하시오. 내일 다시 의논합시다."

황비호가 성은에 감사하고 궐문을 나와 백관들과 함께 각기 집으로 돌아갔다.

한편 달기는 은교를 잡아오지 못한 것을 보고 다시 천자에게 아뢰었다.

"폐하! 오늘 은교와 은홍이 탈출하여 만약에 강환초에게 간다면 아마도 대군이 머지않아 들이닥칠 것이니 그 화가 적지 않을 것이오이다. 또한 태사 문중이 원정을 떠나 도성에 없으니, 속히 은파패殷破敗와 뇌개雷開에게 명하시어 날랜 기병 3천을 뽑아 이 밤 안에 당장 잡아와 화근을 없애는 편이 나을 것입니다. 후환이 생길까 두렵사오니다."

천자가 이 말을 듣고 말했다.

"미인의 그 말이 바로 짐의 뜻에 부합하도다."

급히 친필조서를 내려 명했다.

"은파패와 뇌개에게 명하노니 날쌘 기병 3천을 가려 뽑아 속히 왕자들을 잡아올 것이며 지체하다가 죄를 짓는 일이 없도록 하라!"

은파패와 뇌개는 조서를 받들고 황비호의 저택으로 가서 군대를 동원하는 표지인 병부兵符를 수령하여 병마를 선발하려 했다.

황비호는 뒷대청에 앉아 생각에 잠겨 있었다. 그때 군정사軍政司가 아뢰었다.

"주군! 은파패와 뇌개 두 장군이 명을 기다립니다."

황비호가 "들게 하라"고 말하자 두 장군이 대청에 들어와 인사를 올렸다. 황비호가 물었다.

"방금 전에 퇴조했는데 또 무슨 일인가?"

두 장군이 아뢰었다.

"천자께서 친필조서를 내리시어 소장들로 하여금 기병 3천을 거느리고 이 밤에 전하를 추격하여 방필 등을 잡아와 국법으로 다스리게 하라 하셨는지라 특별히 병부발급을 청하러 왔습니다."

황비호가 속으로 생각했다.

'이 두 장군이 쫓아가면 반드시 잡아올 것이니 내가 미리 손을 써야겠다.'

이에 은파패와 뇌개에게 분부했다.

"오늘은 너무 늦어 병마가 아직 정비되지 않았으니 내일 5경에 병부를 수령하여 떠나도록 하라."

은파패와 뇌개 두 장군은 감히 명을 어기지 못하고 하는 수 없이 물러갔다.

황비호는 바로 원수였고 은파패와 뇌개는 그 휘하에 있었으니 어찌 감히 강변할 수 있겠는가? 그들이 돌아가자 황비호는 주기周紀에게 말했다.

"은파패가 와서 병부를 수령하여 기병 3천을 뽑아 전하를 추격할 것이니, 너는 내일 5경에 좌군영에서 병들고 노쇠하여 견디지 못할 군병 3천을 뽑아 그에게 내주어라."

누구의 명이라 거역할 텐가! 주기가 명령대로 따랐다.

다음날 새벽 5경에 은파패와 뇌개가 병부의 발급을 기다리자, 주기가 하교하여 좌군영에서 3천의 기병을 뽑아 내주었다. 두 장군이 살펴보니 모두 노약하고 병든 군졸들이었지만, 또한 감히 명령을 어기지 못한 채 하는 수 없이 남문을 나와 길을 잡았다.

포성소리와 함께 삼군의 출발을 재촉했지만 그 노약하고 병든 군졸이 어떻게 빨리 행군할 수 있겠는가? 장수들이 앞뒤에서 아무리 다그쳐도 노쇠한 말과 비실비실한 군졸들은 그저 흐느적흐느적 겨우 한 걸음씩을 내디딜 뿐이었다. 속에서 열불이 일어날 정도로 마음이 다급했지만, 두 장수는 어쩔 수없이 그런 군대를 끌고 나아갈 수밖에 없었다.

지나는 마을마다 남녀노소가 몰려나와 그 꼴을 보고 깔깔대며 웃어댔다.

한편 방필과 방상이 두 분 전하를 모시고 한두 나절을 간 뒤에 방필이 동생에게 말했다.

"나와 네가 두 분 전하를 모시고 조가를 떠났지만 주머니가 텅 비어 노자가 한 푼도 없으니 어찌하면 좋으리! 비록 황 장군께서 보옥을 주셨지만 너와 내가 아무리 잘 활용한다 하더라도 만약에 누군가가 그 출처를 캐묻는다면 도리어 불편할 것이다. 이제부터는 동쪽과 남쪽의 두 길로 갈라지니 너와 내가 두 분 전하를 인도하여 먼저 떠나시게 하고 우리 형제는 다른 곳에서 다시 만나도록 해야만 둘 다 온전할 수 있을 것이다."

방상이 말했다.

"그 말씀이 진정 옳습니다."

방필이 두 분 전하께 말했다.

"신에게 한 가지 드릴 말씀이 있어 두 분 전하께 아룁니다. 신들은 한낱 용기만 지닌 사내로서 성품이 우둔하여 수일 전에 전하께서 억울한 고통을 당하시는 것을 보자 순간 화가 치밀어 조가에 반역했으나, 일찍이 여정이 이렇게 멀고 험난할 줄을 생각지 못하여 노잣돈을 한 푼도 준비하지 못했습니다. 지금 황 장군이 주신 보옥을 팔아 사용하려 해도 또한 누군가가 그 출처를 캐물으면 도리어 불편하게 될까 걱정입니다. 또한 이러한 환난을 피하려면 모름지기 은밀히 숨어 있는 것이 가장 좋습니다. 마침 신에게 한 가지 방법이 생각났는데 그것은 길을 나눠 각자 남의 눈을 피해 가는 것입니다. 필시 우리 일행의 어른 아이 넷인 상황이 전달이라도 되어 있다면 눈에 뜨일 수밖에 없습니다. 그래야만 모두 온전할 수 있습니다. 두 분 전하께서는 한번 잘 생각해 보소서."

은교가 말했다.

"장군의 말이 매우 타당하오. 그러나 우리 형제는 어려서부터 어떤 길로 가야 좋을지를 모르고 컸으니 어찌하면 좋겠소!"

"이 길은 동로로 가는 길이고 저 길은 남도南都로 가는 길인데 모두 큰길로서 인가가 모여 있으니 그 길을 따라가면 멀리 가실 수 있을 것입니다."

"그렇다면 두 분 장군은 어느 방향으로 가려 하오? 또한 언제 다시 만날 수 있겠소?"

방상이 말했다.

"신은 이제 떠나면 어느 진의 제후이든지 간에 그곳에서 잠시 몸을 숨기고 전하께서 군대를 빌려 조가를 진격할 때를 기다려 신이 스스로 전하의 휘하로 찾아가 선봉에 설 것입니다."

네 사람이 각각 눈물을 흘리면서 헤어졌다.

얼마 후 은교가 은홍에게 말했다.

"동생아! 너는 어느 길로 가려느냐?"

"형님의 뜻에 따르겠습니다."

"나는 동로로 갈 것이니 너는 남도로 가거라. 내가 외조부를 만나 이 억울한 고통을 눈물로 호소하면 외조부께서 반드시 군대를 파병하실 것이니라. 그때 내가 관리를 보내 너를 찾도록 하겠다. 너도 혹 수만의 군대를 빌리게 된다면 함께 조가를 정벌하여 달기를 사로잡아 모친의 원수를 갚도록 하자. 이 일은 결코 잊어서는 안된다!"

은홍이 눈물을 흘리면서 머리를 끄덕였다.

"형님! 이제 이별하면 언제나 다시 만날 수 있을는지 모르겠군요!"

두 형제가 손을 부여잡고 쉽게 헤어지지 못했다. 훗날 사람들이 시로써 그 슬픈 이별을 노래했다.

나그네 기러기가 헤어져 날아가니 진실로 마음 아프고,
형제가 남북으로 흩어져 만나지 못하니 고통스럽네.
모친의 원통함을 생각하니 천 가닥 눈물이 흐르고,
길 잃은 근심에 만 갈래 단장이 슬픔을 더하네.
몇 가닥 젓대소리는 저녁노을을 재촉하고,
한 조각 외로운 구름은 푸른 파도를 쫓네.
뉘 알았으리! 나라가 망하고 백성이 흩어지고 나서야,
여자의 손에 도성이 무너진 줄을.

은홍은 눈물이 채 마르기도 전에 길을 떠났는데 처량하고 참담한 마음에 근심이 만 갈래로 겹쳤다. 또한 전하는 나이가 어렸고 궁궐에서만 생활했으니 어떻게 먼 길의 고생을 짐작이나 했겠는가? 가다가 멈추고 넘어지고 또 가곤 했으며 배도 몹시 고팠다.

또한 전하는 궁중에서 지내면서 능라비단만을 입고 진수성찬만을 먹었으니 어떻게 남에게 구걸할 줄을 알겠는가!

한참을 가니 한 마을의 인가가 보였는데 사람들이 거기에서 밥을 먹고 있었다. 전하는 앞으로 걸어가 다짜고짜 명했다.

"과인에게 식사를 가져오너라!"

사람들이 전하를 보니 붉은 옷을 입고 용모가 비범했으므로 급히 일어나 말했다.

"여기에 앉아 식사하십시오."

황급히 밥을 가져와 상 위에 차려놓았다. 은홍이 다 먹고 나서 몸을 굽혀 감사하면서 말했다.

"식사를 대접하느라 수고했는데 언제 이 은혜를 갚을 수 있을는지 모르겠구나!"

마을사람들이 말했다.

"도련님은 어디로 가십니까? 어느 곳에 사시며 성은 무엇입니까?"

은홍이 말했다.

"나는 다른 사람이 아니라 성상의 아들 은홍이니라. 지금은 악숭우를 만나러 남도로 가는 길이니라."

사람들은 전하라는 말을 듣자 황망히 땅에 엎드려 아뢰었다.

"전하! 소인들이 몰라 뵙고 실례를 했습니다. 부디 죄를 용서해 주소서!"

전하가 말했다.

"이곳이 남도로 가는 길이 맞느냐?"

마을사람들이 말했다.

"이 길이 남도로 가는 대로입니다."

전하가 마을을 떠나 앞을 향해 급히 걸었으나 하루에 2·30리를 채 걷지 못했다. 아무리 걸어가도 앞에는 마을이 보이지 않고 뒤에도 주막이 없어서 쉴 만한 곳이라고는 없었으므로 마음이 조급해졌다. 다시 2·3리를 갔더니 소나무가 무성한 곳으로 길이 분명하게 나 있었는데 한 채의 옛 묘당이 보였다. 전하는 크게 기뻐하며 곧장 앞으로 달려갔다.

묘당의 문에는 '헌원묘軒轅廟'라 쓰인 편액이 걸려 있었다. 전하는 묘당으로 들어가 바닥에 엎드려 절을 한 뒤에 말했다.

"헌원성주黌土는 법도를 세워 의복을 만들고 예악을

제정하며 면류관을 만들었으며 도량형을 마련하신 바로 상고시대의 성군이십니다. 은홍은 성탕의 31대 손으로 천자 주紂의 아들인데 지금 부왕이 무도하여 부인을 주살하고 자식까지 죽이려 함에 피난하는 길이니, 잠시 성제聖帝의 묘당에서 하룻밤을 묵은 뒤 내일 아침에 떠나려 합니다. 부디 성제께서 보살펴 주소서! 만약에 몸을 의지할 만한 조그만 땅이라도 얻을 수 있다면 은홍은 마땅히 묘당을 중수하고 금으로 성제의 몸을 치장해 드릴 것입니다."

전하는 이렇게 말하고 헌원성제의 좌대 아래에서 옷 입은 채로 쓰러져 잠이 들었다.

한편 은교는 동로의 큰길을 따라 계속 걸어갔다. 그렇지만 날이 저물었을 때 겨우 4·50리를 걸었을 뿐이었다. 그때 '태사부太師府'라고 쓰인 큰 저택 하나가 보였다. 은교가 혼잣말로 중얼거렸다.

'이곳은 벼슬아치의 집인 모양인데 하룻밤을 묵고 나서 내일 일찍 떠나야겠다.'

전하가 소리쳤다.

"안에 사람 없소?"

큰소리로 물었으나 안에서 대답하는 사람이 없자 전

하는 그냥 문을 열고 들어갔다. 그런데 안에서 누군가가 시를 읊으면서 장탄식하는 소리가 들렸다.

오랜 세월 천자의 조칙을 담당하다 죄를 얻었지만,
일편단심이야 어찌 저절로 없어지랴?
임금을 보필함에는 나라를 위할 줄 아는 마음이어야 하고,
옳은 뜻 견지함에는 사사로운 몸 돌볼 겨를 없어야 하네.
뉘 알았으리! 요괴가 궁궐에서 생겨나,
백성들을 원한의 귀신이 되게 할 줄을.
애석하게도 초야의 신하는 늘 대궐을 생각하지만,
신령께 기도해도 궁궐에 이를 방법이 없네.

전하는 안에서 시를 읊는 소리를 다 듣고 나서 다시 물었다.

"안에 누구 없소?"

안에서 사람소리를 듣고 "뉘시오?" 물었다. 날이 이미 저물어 어둑어둑했으므로 분명하게 보이지를 않았다. 은교가 말했다.

"길 가는 나그네인데 날이 이미 저물어 귀댁에서 하룻밤 묵고 내일 아침에 떠나기를 청합니다."

안에서 노인이 물었다.

"당신은 말소리로 보아 조가사람 같소이다."

"그렇습니다."

"당신은 시골에 있었소, 도성에 있었소?"

"도성에 있었습니다."

"당신이 도성에 있었다니 들어오시오. 당신에게 물어볼 게 있소."

전하가 앞으로 다가가서 보고 소리쳤다.

"아! 노승상이셨군요!"

상용이 또한 놀라지 않을 수 없었다. 몸은 비록 조가를 떠났지만 어찌 마음마저 떠났을까! 상용은 급히 절을 올리면서 말했다.

"전하께서 무슨 일로 여기까지 오셨습니까? 노신이 전하를 모시는 데 결례가 많았으니 부디 용서하소서."

상용이 계속 말했다.

"전하는 대를 이으실 태자이신데 어찌하여 혼자 여기에 오셨습니까? 필시 나라에 불길한 조짐이 생긴 것이군요. 전하! 좌정하십시오. 노신은 상세한 말씀을 듣고 싶습니다."

은교가 눈물을 흘리면서 천자가 중궁을 죽이고 자식까지 해치려 한다는 일을 자세하게 말해 주었더니 상용이 발을 구르면서 큰소리로 외쳤다.

"어리석은 임금이 결국 이 같은 포악한 일을 저지르

고 말았도다. 노신이 비록 산림에 몸을 숨기고 있지만 늘 대궐을 마음에 두고 있었는데 이런 평지풍파가 일어날 줄을 어찌 알았겠는가? 마마께서 결국 처참한 죽임을 당하시고 두 분 전하께서도 도탄에 빠지는 이런 변고가 생기다니! 백관들은 무얼 하느라 입을 다물고 혼심을 다해 간언하지 못하여 정사가 무너지는 지경에 이르게 했는가! 전하는 안심하십시오. 함께 조가로 가서 천자께 직간하여 법도를 바로잡아 환난을 구하도록 하십시다."

즉시 좌우시종을 불러 명했다.

"음식을 잘 마련하여 전하를 극진히 모셔라. 내일에 상주문을 작성할 것이니라."

한편 은파패와 뇌개 두 장군이 병사를 거느리고 두 전하를 추격했는데 비록 병마 3천이 있다지만 모두 노쇠하여 견디지 못하는 사람들이었으므로 하루에 겨우 30리를 행군하기에도 바빠 멀리 쫓아갈 수가 없었다.

사흘을 꼬박 가도 백 리를 못 넘겼다. 하루는 세 갈래 길에 당도했을 때 뇌개가 말했다.

"장형長兄! 군대를 이곳에 주둔시켜 놓고 형님과 내가 각기 50명씩의 정예병을 이끌고 두 갈래로 나눠 추격합시다. 형은 동로로 가시오. 나는 남도로 가겠습니다."

은파패가 말했다.

"그 말이 매우 훌륭하오. 그렇지 않고 이 노쇠한 병졸과 함께 떠난다면 하루에 2·30리도 채 못 갈 것이니 어떻게 따라잡을 수 있겠소?"

"만일에 장형께서 먼저 따라잡으시면 이곳으로 돌아와 나를 기다리시고, 내가 먼저 따라잡으면 역시 이곳으로 돌아와 형을 기다리겠습니다."

"매우 타당한 말이오."

두 장수가 노쇠한 군졸을 그곳에 남겨둔 채 각기 젊고 건장한 병졸 50명씩을 거느리고 동쪽과 남쪽으로 나눠서 추격했다.

商容九間殿死節

상용이
구간전에서 순절하다

뇌개가 50명의 군졸을 거느리고 남도를 향해 추격하는데 번개구름이 나는 듯하고 비바람이 몰아치는 듯했다. 그러다가 날이 저물자 뇌개가 명했다.

"너희들은 식사를 배불리 하도록 하라. 밤에도 계속 추격하도록 하자. 그다지 멀리 가지는 못했을 것이다."

군사들이 그 말대로 밥을 배불리 먹고 다시 추격길에 올랐다. 2경쯤 되었을 때 군사들의 피로는 극에 달했다. 연일 힘든 행군을 했으므로 피곤에 쌓여 하마터면 말에서 떨어질 뻔했다. 뇌개가 잠시 생각에 잠겼다.

'밤에 추격하다가 그냥 지나칠까 걱정되는군나. 만약에 전하가 뒤에 있고 내가 도리어 앞서 간다면 공연히 헛수고만 하는 것이다. 차라리 하룻밤 쉬고 나서 내일 기운을 차려 다시 추격하는 것이 좋겠다.'

곧 좌우 군졸들에게 명했다.

"앞을 보고 가다가 마을이 있으면 거기에서 잠시 하룻밤 묵은 다음 내일 추격하도록 할 것이니라."

여러 군졸들은 연일 추격하느라 몹시 피곤했으므로 쉬고 싶은 생각이 간절했다. 양쪽에서 횃불과 등불을 높이 쳐들고 앞의 우거진 소나무 숲 사이를 비췄더니 한 마을에 별난 집이 하나 보였다. 가까이 다가가서 보니 다름 아닌 한 채의 묘당이었다.

군졸이 와서 아뢰었다.

"앞에 오래된 묘당이 한 채 있으니 장군께서는 잠시 하룻밤 묵으시고 내일 아침에 떠나시는 게 좋겠습니다."

"그렇게 하는 것이 좋겠다."

뇌개가 말하자 군졸들이 묘당 앞으로 갔다. 뇌개가 말에서 내려 머리를 들어 쳐다보니 그 위에 '헌원묘'라고 쓰인 편액이 걸려 있었으나 안에는 묘당지기조차 없어 보였다. 군졸들이 문을 밀치고 함께 들어가 횃불을 비췄더니 성제의 좌대 아래에서 한 아이가 코를 골면서 자고 있었다.

뇌개가 앞으로 다가가 보았더니 다름 아닌 바로 전하 은홍이었다. 뇌개가 안도의 한숨을 쉬면서 말했다.

"만약에 앞만 바라고 갔다면 도리어 그냥 지나칠 뻔했구나! 이 또한 하늘의 뜻이로다."

뇌개가 "전하! 전하!" 소리치자 은홍은 한창 깊은 잠에 빠져 있다가 갑자기 놀라 깨어보니 횃불과 등불을 든 한 무리의 군졸들이 에워싸고 있었다. 전하는 금방 뇌개를 알아보고 "뇌 장군!" 하고 소리쳤다.

뇌개가 짐짓 말했다.

"전하! 신은 천자의 명을 받들어 전하를 모시고 조정으로 돌아가려고 왔습니다. 백관이 모두 전하를 구원하려는 상주문을 올렸으니 전하께서는 마음 놓으셔도 될 것입니다."

은홍이 말했다.

"장군은 더 이상 말할 필요가 없소. 나는 이 큰 환난에서 벗어날 수 없다는 것을 이미 잘 알게 되었소. 죽는 것은 두렵지 않으나 다만 며칠을 계속 걸어서 몹시 고통스러운지라 더 이상 걸어서 가기가 어렵소. 그러니 장군의 말에다 태워주기를 청할 뿐이오."

뇌개가 듣고 나서 황급히 대답했다.

"신의 말을 전하께서 타십시오. 신은 걸어서 뒤따르겠습니다."

그래서 은홍은 묘당을 떠나 말에 올랐으며 뇌개는 걸어서 뒤따른 채 세 갈래 길을 향해 떠났다.

한편 은파패는 동로의 큰길을 향해 한두 나절을 간 뒤에 풍운진風雲鎭에 도달했으며, 다시 십여 리를 갔더니 '팔八'자 모양의 담장이 보였는데 금 글씨로 '태사부'라 쓰인 편액이 걸려 있었다.

은파패가 군대를 멈추고 보았더니 바로 은퇴한 승상 상용의 저택이었다. 은파패가 말에서 내려 급히 승상의 집으로 들어가 상용을 만나려 했다. 상용은 원래 은파패의 좌주座主였으며 은파패는 상용의 문생門生이었다.

좌주는 무엇이며 문생은 무엇인가? 과거시험 합격자가 스스로를 문생이라 칭하고 시험관을 좌주라 칭하지 않던가? 그래서 인사차 말에서 내려 상용을 배알하려 했던 것인데 뜻밖에 태자 은교가 대청 위에서 식사를 하고 있었다.

은파패가 황급히 대청에 올라 아뢰었다.

"전하! 노승상! 소장은 천자의 어지를 받들어 전하를

모시고 조정으로 돌아가려고 왔습니다."

상용이 말했다.

"은 장군! 때마침 잘 왔네. 내가 생각건대 조가에는 4백여 명의 문무백관이 있을 터인데, 천자께 직간하는 관원이 한 사람도 없었더란 말인가? 문관은 입을 다물고 무관은 말도 못 꺼낸 채 작위와 명성을 탐하고 있었더란 말인가? 하는 일 없이 봉록만 받아먹고 있으니 세상꼴이 뭐가 되겠나!"

승상이 한창 화가 나서 질책하니 어떻게 막을 수 있겠는가! 옆에서 전하 은교가 종잇장 같은 얼굴을 한 채 떨면서 말했다.

"노승상은 그렇게 대노하실 필요가 없습니다. 은 장군이 이미 어지를 받들고서 나를 잡으러 왔으니 이번에 가면 틀림없이 살아날 길이 없을 것입니다."

말을 마치고 비오듯이 눈물을 흘리자 상용이 큰소리로 외쳤다.

"전하, 마음 놓으소서! 이 노신이 상주문을 아직 끝맺지 못했으나 만약에 천자를 뵈오면 직접 말씀드릴 수도 있습니다."

즉시 좌우 마구간에 소리쳤다.

"말을 준비하고 행장을 꾸리도록 하여라. 내 스스로

천자를 배알할 것이니라."

은파패는 상용이 직접 조가로 가서 천자를 배알하겠다는 말을 듣자 천자가 자기를 질책할까 싶어 두려워 말했다.

"승상께 아룁니다. 소관이 어지를 받들고 전하를 모시러 왔으므로 전하와 함께 먼저 돌아가 조가에서 기다리겠으니 승상께서는 조금 뒤에 오시도록 하십시오. 그래야 문생이 천자를 우선으로 하고 사사로운 정을 뒤로 한다는 명분이 설 것이니 승상께서 들어주실는지 모르겠습니다."

상용이 웃으면서 말했다.

"은 장군! 나는 이미 자네의 말뜻을 알겠네. 내가 같이 간다면 자네가 인정을 봐주었다고 천자가 질책할까 걱정하는 것이네. 그럼 좋네. 전하! 은 장군과 먼저 가십시오. 이 노부는 곧 뒤따르겠습니다."

그리하여 전하는 상용의 저택을 떠났는데 가다가 자꾸 멈추곤 하면서 두 눈에 눈물이 마르지 않았다. 상용이 곧 은파패를 불러 말했다.

"은 장군! 훌륭하신 전하를 자네에게 맡겼으니 자네는 공이 높기를 바라지 마시게. 만약에 군신의 대의를 상한다면 그 죄는 용서받지 못할 것일세."

은파패가 머리를 조아리며 말했다.

"문생은 하명대로 따르겠습니다. 어찌 감히 망령되어 행동하리까?"

마침내 전하는 상용과 이별하고 은파패와 함께 말에 올라 길을 떠났다. 은교는 말 위에서 속으로 생각했다.

'내가 비록 죽는다 하더라도 동생 은홍이 있으니 언젠가 이 억울한 원한을 갚을 날이 있을 것이다.'

하루도 채 못 가서 어느덧 세 갈래 길 어귀에 도착했다. 군졸이 뇌개에게 보고하자 뇌개가 군문에 나갔더니 전하가 은파패와 함께 말에 타고 있었다.

뇌개가 말했다.

"전하께서 돌아오심을 축하드리옵니다!"

전하는 말에서 내려 군영으로 들어갔다. 은홍은 막사 높은 자리에 앉아 있다가 전하께서 오셨다는 보고를 듣고 고개를 들어 보니 과연 은교가 들어오고 있었다.

은교는 은홍을 보자 가슴이 칼로 저미는 듯하고 기름으로 볶는 듯하여 곧장 앞으로 다가가 은홍을 부여잡고 통곡했다.

"우리 두 형제가 생전에 무슨 죄를 지었더란 말인가! 동과 남으로 도망쳤으나 뜻을 이루지 못하고 결국 포위망에 걸려들다니! 둘 다 이렇게 붙잡히고 말았으니 어머님의 원수를 갚는 일은 이제 물거품이 되겠구나. 오호, 구천에 가서 어머님을 어찌 뵈올꼬!"

형제는 발을 구르고 가슴을 치면서 뼈에 사무치는 절통한 마음으로 울음을 터뜨렸다. 그 모습이 어찌나 슬픈지, 3천 명의 군졸들이 하나같이 눈시울을 적셨다. 그러나 두 장군은 어쩔 수가 없었으므로 군대를 재촉하여 조가를 향해 떠났다.

은파패와 뇌개 두 장군이 조가에 이르러 부대를 멈추게 했다. 두 장군은 어지에 회답하러 성에 들어가면서 그들의 성공을 속으로 기뻐했다. 정탐병이 무성왕 황비호 원수에게 보고했다.

"은파패와 뇌개가 이미 두 분 전하를 체포하여 어지에 회답하러 성에 들어갔습니다."

황비호가 보고를 듣자 대노했다.

"못된 놈들 같으니! 공을 세우기를 바라고 성탕의 후사를 돌보지 않았도다. 너희놈들이 천 섬의 봉록을 누리기 전에 칼 맛을 보게 할 것이며, 공에 대한 포상을 받기 전에 옷을 피로 물들게 하겠노라!"

곧장 황명黃明·주기周紀·용환龍環·오염吳炎에게 명했다.

"그대들은 나를 대신하여 여러 원로들과 문무대신들께 궐문에 모이도록 전하라."

네 장수가 명을 받고 부리나케 나가자 황비호는 말에 올라 곧장 궐문으로 갔다. 그곳에는 전하가 체포되었다는 소식을 들은 문무신료들이 웅성거리면서 모두 미리 와 있었다.

잠시 뒤 아상 비간을 비롯하여 미자·미자계·미자연·백이伯夷·숙제叔齋와 상대부 교격膠鬲·조계趙啓·양임楊任·손인孫寅·방천작方天爵·이엽李燁·이수李燧 등 백관들이 보였다.

황비호가 말했다.

"여러 원로대신과 대부 여러분! 오늘의 안위는 모두 승상과 여러 간관들의 결정에 달렸습니다. 나는 무신일 뿐 언관도 아니니 속히 대책을 마련하시길 청합니다."

한창 의논하고 있을 때 군졸들이 두 분 전하를 에워싸고 궐문에 당도했다. 백관이 앞에 나아가 "전하!" 하고 마중하였다. 은교와 은홍은 눈물을 흘리면서 크게 소리쳤다.

"여러 황친皇親과 대신들! 가련하게도 성탕의 31세손이 하루아침에 살육당하게 되었습니다. 나는 예법에 따라 동궁이 된 이래로 결코 덕을 잃은 적이 없었으니 설사 과오가 있다 하더라도 폄적당하는 데 그쳐야 할 뿐이지 죽임을 당하는 데까지는 이르지 않아야 할 줄로 압니다. 청컨대 여러분이 사직의 막중함을 생각하여 나의 남은 목숨을 구해 주신다면 진정 천만다행한 일이 될 것입니다!"

미자계가 말했다.

"전하! 걱정하지 마소서. 여러 신료들이 모두 상소장을 올려 전하를 구해 주시도록 아뢸 것이니 틀림없이 다른 일은 없을 것입니다."

그때 은파패와 뇌개 두 장군은 수선궁에 들어가 어지에 회답하고 있었다.

천자가 말했다.

"이미 역적자식을 잡아왔으니 짐을 만날 필요도 없이 속히 궐문에서 참수하여 국법을 바로잡으라. 시체를 거두어 매장하고 나서 다시 아뢰도록 하라."

은파패가 뜨끔하여 아뢰었다.

"신은 형을 집행하랍시는 교지를 받지 못했으니 어찌 감히 시행하리까?"

천자가 즉시 어필로 '행형行刑'이라는 두 자를 써주자 그제서야 은파패와 뇌개가 속히 궐문으로 나갔다.

황비호가 그들을 보자 마음에서 불이 타오르고 화가 머리끝까지 치밀어 올라 궐문의 중앙에 서서 두 장수를 막아서며 크게 소리쳤다.

"은파패, 뇌개! 너희들이 태자를 체포하여 공을 세우고 전하를 죽여 작위를 얻게 되었으니 축하할 일이겠으나 너희 관직이 높아지면 위험은 필연이고 지위가 무거워지면 위태로운 몸 또한 당연하리라!"

은파패와 뇌개가 미처 대답하기도 전에 상대부 조계가 앞으로 달려가 은파패가 들고 있던 행형의 교지를 한 손으로 낚아채서 갈기갈기 찢어버리고 성난 목소리로 외쳤다.

"어리석은 임금이 무도하고 간사한 무리가 그 악행을 도왔으니, 누가 감히 어지를 받들었다고 해서 동궁태자를 멋대로 죽일 수 있으며, 누가 감히 보검을 들었다고 해서 망령되이 전하를 참수할 수 있으리오! 지금의 조정은 기강이 크게 어지러워졌으며 예의 또한 모두 사라졌도다! 여러 원로황친과 대신들 들으시오! 궐문은 국사를 논의할 곳이 아니니 함께 대전으로 가서 종과 북을 울려 천자께 납시기를 청하여 전력을 다해 직간함으로써 나라의 근본을 바로잡도록 하십시다."

은파패와 뇌개는 백관들의 격분을 보자 더 이상 대꾸할 말을 찾지 못하고 겁먹은 눈이 되고 입이 얼어붙어 어찌할 바를 몰랐다. 황비호는 다시 황명과 주기 등 네 장수에게 전하를 잘 지켜 형집행을 막으라고 명했다.

백관들이 일제히 대전으로 가서 종과 북을 울려 천자가 옥좌에 오를 것을 청했다.

수선궁에 있던 천자가 종과 북소리를 듣고 무슨 일인지를 물으려 하는데 시어관이 아뢰었다.

"온 조정의 문무대신들이 폐하께 대전에 납시기를 청합니다."

천자가 달기에게 말했다.

"이는 바로 역적자식을 위하여 백관들이 구원을 주청할 작정이니 어찌 처리하면 좋겠는가?"

달기가 아뢰었다.

"폐하께서는 어지를 내리시어 동궁은 오늘 참수하고 조회는 내일 열겠다고 하소서. 한편으로는 어지를 전하면서 다른 한편으로는 은파패에게 어지에 대한 회답을 재촉하소서."

시어관이 어지를 전하자 백관들이 천자의 말씀을 경청했다.

조서에 이르노라. 임금이 명을 내려 부르면 말이 준비되기를 기다리지 않고 곧장 나오며 임금이 죽음을 내리면 감히 살아날 수 없도다. 이것은 만고의 대법大法이므로 천자라도 그 경중을 함부로 할 수 없느니라. 역적자식 은교와 그 악행을 도운 은홍이 윤리와 법도를 무너뜨리고 멋대로 무도함을 자행하여 칼을 들고 궁으로 들어와 역적 강환을 죽임으로써 증거를 없애려 했도. 그리고는 다시 칼을 움켜들고 감히 아비를 시해하려 했으니 패역무도하여 자식 된 도리를 모두 망각했도. 지금 궐문에 잡혀와 있으니 조종祖宗의 법으로 처형할 것이노라. 경들은 역모의 죄를 도울 생각일랑 하지 말고 짐의 말을 분명하게 들으라. 만일 국정에 관한 일이 있으면 내일 대전에 나가 의논하여 처리할 것이니라. 이에 조서를 내리노니 마땅히 따를 줄로 아노라.

시어관이 조서를 다 낭독하자 백관들은 어찌할 바를 모른 채 분분한 논의만 있을 뿐 감히 흩어지기조차 하지 못했다. 그들은 형을 집행하라는 교지가 이미 궐문으로 나간 것은 전혀 모르고 있었다. 그렇지만 이때, 하늘에서는 징조를 내려 나라의 흥망이 이미 결정되어 있었다. 두 분 전하 또한 '봉신방封神榜'에 이름이 올라 있었으므로 당연히 죽지는 않을 것이었다.

태화산太華山 운소동雲霄洞의 적정자赤精子와 구선산九仙山 도원동桃源洞의 광성자廣成子는 1천5백 년 동안 신선으로 있었는데 죽음의 살계殺戒를 범하고 말았다. 그로 인하여 도법道法과 정교正敎를 선양하는 곤륜산崑崙山 옥허궁玉虛宮의 원시천존元始天尊 성인이 강연을 폐하고 도법을 깨우쳐 주지 않게 되었다. 그래서 두 신선은 할 일 없이 노닐다가 구름을 타고 조가를 지나게 되었다. 그때 갑자기 두 분 전하의 이마에서 위로 뻗친 두 줄기 붉은 빛이 두 신선의 발아래 구름을 막아세웠다.

두 신선이 구름을 열어젖히고 살펴보니 궐문에 살기가 가득했으며 참담한 구름이 서려 있었다. 두 신선은 곧 그 뜻을 알아차렸다. 광성자가 말했다.

"도형道兄! 성탕의 왕기는 장차 끝나려 하고 서기성의 성주聖主는 이미 출현했습니다. 도형, 보십시오. 저 한 무리의 중생들 가운데서 묶여 있는 두 사람은 붉은 기운이 하늘까지 닿았으니 절대로 죽어서는 안될 운명을 지녔습니다. 또한 저들은 모두 강자아姜子牙 막하의 명장이 될 것입니다. 도형과 나의 도심은 어느 곳에서든지 자비를 베풀지 않음이 없으니 어찌 저들을 구해 주지 않겠습니까? 도형이 한 사람을 데려가고 내가 다른 한 사람을 데리고 돌아가 먼 훗날 강자아가 공을 세워 동쪽으로 5관關을 진격하는 것을 돕게 한다면 이 또한 일거양득이 아니겠습니까?"

적정자가 말했다.

"그 말에 일리가 있소. 지체하다가 일을 그르치지 않도록 하시게."

광성자가 급히 황건역사黃巾力士를 불러 분부했다.

"너는 저 두 분 전하를 데리고 본산本山으로 돌아가 명을 기다리도록 하여라!"

황건역사가 법지法旨를 받들고 신풍神風을 일으켜 타고 내려가자, 흙먼지가 휘날리고 돌모래가 날아다녔다. 또한 천지가 암흑에 싸인 속에서 화산華山이 무너지고 태산泰山이 엎어지는 듯 굉음이 들렸다.

포위하고 있던 삼군과 칼을 든 병졸들은 겁에 질렸으며 참형을 감독하던 은파패도 옷으로 얼굴을 가린 채 쥐구멍에 고개를 처박고 있었다.

잠시 뒤 바람이 그치고 조용해졌는데 두 분 전하는 어디로 갔는지 종적도 없이 사라지고 말았다. 겁에 질려 혼비백산한 은파패는 기이한 일에 정신이 나가버렸으며 궐문 밖의 군사들은 일제히 괴성을 질렀다.

황비호는 그때 대전에서 조서를 읽고서 분분한 의론을 펼치고 있었는데 문득 괴성소리가 들렸다. 주기가 마침 대전에 당도하여 황비호에게 보고했다.

"방금 전에 한바탕 큰 바람이 불었는데 이상한 향기가 길에 가득하고 돌모래가 휘날려 앞에 있는 사람조차도 분간할 수가 없었습니다. 다만 한 차례 굉음이 들린 뒤에 보았더니 두 분 전하께서 어디론가 사라져 버리고 없었습니다. 정말 이상하고도 괴이한 일입니다!"

백관들이 이 말을 듣자 이후의 일이야 어찌되었든 참형은 보지 않을 듯하여 기쁨을 감추지 못한 채 탄성을 질렀다.

"하늘은 원한을 머금은 아들을 죽이지 않고 땅은 성탕의 맥을 끊지 않았도다!"

그러나 은파패는 황망히 궁으로 들어가 천자께 아뢰었다.

"신이 어지를 받들고 참수형을 감독하면서 형집행의 교지가 당도하기를 기다리고 있었사온데, 홀연히 일진광풍이 불어 두 전하를 바람이 실어가 버린 듯 종적도 없이 사라졌습니다. 이상하고 기이한 일인지라 어지의 결정을 청합니다."

천자가 듣고 깜짝 놀라 한동안 말을 꺼내지 못했다.

'진실로 기이한 일이로다! 진실로 괴이한 일이야!'

천자는 마음속으로 머뭇거리면서 결정하지 못했다.

한편 승상 상용이 전하를 뒤따라 조가에 들어왔는데 조가백성들이 모두 "바람이 불어 두 분 전하를 실어가

버렸다"고 말을 하자 상용은 심히 놀랍고도 이상하게 생각했다.

궐문에 이르자 군마가 빽빽이 들어차 있었으며 병사들이 수선을 떨었다. 상용이 곧장 궐 안으로 들어가 구룡교九龍橋를 지나고 있었을 때, 백관이 모두 앞으로 나가 영접하면서 "승상!"을 불렀다. 비간 또한 상용이 오는 것을 보았다.

상용이 말했다.

"여러 원로대신과 대부들께 고합니다. 나 상용이 죄를 지어 조정을 작별하고 산림으로 돌아간 지 채 얼마 되지 않았는데, 천자께서 실정하여 중궁을 죽이고 자식까지 해치려 하면서 방탕에 빠져 무도함을 일삼는다는 말을 들었소. 그러나 안타깝게도 나라의 봉록을 먹고 있는 처지인 당당하신 재상들과 대단하신 삼공은 이런 조정 일에 당했음에도 간언하여 천자를 만류한 사람이 한 사람도 없었다는 말을 들었소. 도대체 어찌된 일이오?"

황비호가 말했다.

"승상! 천자께서는 내궁에 깊이 거하면서 대전에는 납시질 않으시니 여러 신하들은 배알할 수조차 없었습니다. 진정 임금과의 거리가 만 리나 되는 듯합니다. 오늘 은파패와 뇌개가 전하를 체포하여 도성에 들어와 형집행의 교지만 기다리고 있었는데, 다행히 상대부 조계 선생이 교지를 갈기갈기 찢어버렸기에 백관이 하나 되어 천자께 직간하려 했었습니다. 그러나 내궁에서 교지를 내려 당장에 전하를 참수하라 하고 백관의 주청은 내일 듣겠다고 하십니다. 내외가 통하지 않고 군신이 또한 막혀 있어서 직접 주청할 수가 없었습니다. 진실로 어찌할 바를 모르고 있을 때 하늘이 사람들의 소원을 들으셨는지 일진광풍을 일으켜 두 분 전하를 실어가 버리고 말았습니다. 은파패가 방금 전에 어지에 회답하러 궁으로 들어가 아직 나오지 않았으니 노승상께서는 잠시만 기다리십시오. 그가 나오면 곧 일의 자초지종을 아시게 될 것입니다."

그때 은파패가 대전으로 와서 상용을 보았는데 말을 꺼내기도 전에 상용이 먼저 다가가 말했다.

"전하께서 바람에 실려가 버렸다면서? 축하하네. 자네의 공이 높고 임무가 막중하여 머지않아 열사로 분봉 받겠구먼!"

은파패가 부끄러움에 몸을 숙여 말했다.

"승상! 소장을 죽여주십시오! 어명으로 파견된 것이었지 소인 자신을 위해서 한 일이 아니었습니다. 승상께서는 저를 오해하고 계십니다."

상용이 들은 척도 하지 않고 백관에게 말했다.

"이 늙은이가 여기에 온 것은 직접 천자를 뵙기 위함이니 정녕 목숨을 부지하지 못할 것이오. 오늘과 같은 상황에서는 모름지기 혼신을 다해 직간하여 목숨을 버릴 각오로 나라를 위해야만이 아마도 하늘에 계시는 선천자의 혼령을 떳떳하게 뵈올 수 있을 것이오."

이렇게 외친 다음 상용은 곧장 집전관에게 종과 북을 울리게 했다. 집전관이 종과 북을 일제히 울리고 시어관이 음악을 연주하여 천자가 납시기를 청했다.

천자는 궁 안에 있으면서 바람이 동궁을 실어가 버린 일 때문에 마음이 답답하던 차에 다시 조정에 나오라는 종과 북이 쉬지 않고 울리자 크게 화를 냈다. 그러나 어쩔 수 없는 일이었다. 하는 수 없이 수레를 대령케 하여 대전에 이르러 보좌에 앉았다.

백관들이 알현의 예를 마치자 천자가 말했다.

"경들은 무슨 주청할 일들이라도 있소?"

상용은 붉은 섬돌 아래에서 말없이 엎드려 있었다. 천자는 섬돌 아래에 한 사람이 엎드려 있는 것을 보았는데 관복이 아닌 흰옷을 입었는지라 궁금하여 물었다.

"엎드려 있는 자는 누구냐?"

상용이 아뢰었다.

"외람되이 재상직임을 행하다가 물러난 상용이 폐하를 알현합니다."

천자가 상용을 보자 놀라워하면서 물었다.

"경은 이미 산림으로 돌아갔었고 조칙으로 부르지도 않았는데 함부로 대전에 들었으니 어찌 이처럼 진퇴의 예를 모른단 말이오!"

상용은 무릎걸음으로 기어 옥좌 앞에 이르자 울면서 아뢰었다.

"신이 지난날 재상의 지위에 있으면서 일찍이 국은에 보답하지 못하고 물러나 황공하기 그지없었나이다. 그런 터에 근자에 듣자오니 화란이 이미 생겨났다 하더이다. 신이 만 번의 죽음을 무릅쓰고 상소문을 갖추어 아뢰오니 폐하께서 용납하시고 진정으로 구름을 헤쳐내어 해를 보듯이 온천하의 사람들이 무궁한 성덕을 우러러 볼 수 있도록 하소서."

상용이 상소문을 바치자 비간이 받아 어탁에 펼쳐놓았다. 천자가 보니 다음과 같은 내용이었다.

소장을 갖추어 신 상용이 아뢰옵니다. 조정의 실정으로 말미암아 삼강이 끊어졌고 윤리가 어긋났으며 사직이 위험에 빠져 화란이 이미 일어나고 숨어 있던 온갖 근심이 고개를 들고 있습니다. 신이 듣자오니, 천자는 도道로써 나라를 다스리고 덕으로써 백성을 다스리며, 삼가하고 경계하여 감히 태만하지 않으며, 아침부터 저녁까지 오로지 두려워하는 마음으로 상제께 제사를 드려야 종묘와 사직이 비로소 반석처럼 편안해지고 철벽처럼 견고해진다 합니다.

옛날 폐하께서 처음 보위를 이으셨을 때는 인의를 수양하여 행하시느라 편안할 겨를도 없이 근면하셨으며, 제후를 예로써 공대하고 대신을 긍휼히 여기셨으며, 백성들의 노고를 근심하고 백성들의 재물을 아끼셨으며, 지혜로 사방 오랑캐를 복종시켜 위엄이 먼 데까지 뻗치게 하셨으며, 비와 바람이 순조롭고 만백성이 즐거이 생업에 종사했으니, 진정 요순시절을 능가하여 아무리 뛰어난 성군일지라도 그보다 낫지는 못할 정도였습니다.

그러나 뜻밖에도 폐하께서는 근자에 간사한 무리를 신임하여 정치의 도를 닦지 아니하시며, 정사를 어지럽히고 흉악함을 자행하시며, 간신을 가까이 하고 현신을 멀리 하면서 주색에 빠져 날마다 주연을 일삼고 계십니다. 또한 간신의 모략을 듣고 정궁을 죽여 사람의 도리를 어겼으며, 요녀 달기의 말만 믿고 태자를 죽여 선왕의 종사를 끊으려 함으로써 자애로운 마음이 모두 사라지고 말았으며, 간언하는 충신을 포락이라는 처참한 형벌에 처하여 군신의 대의가 이미 없어지고 말았습니다.

폐하께서는 삼강오륜을 더럽혀 사람의 도리가 모두 땅

에 떨어지고 말았으니 그 죄는 하夏나라 걸왕桀王과 같아 임금이 되기에는 부족함이 있습니다. 자고로 아무리 무도한 임금도 일찍이 이보다 더한 자는 없었습니다. 신은 죽음의 죄를 피하지 않고 귀에 거슬리는 말씀을 드리오니, 원컨대 폐하께서는 속히 달기에게 스스로 목숨을 끊게 하여 억울하게 죽은 황후와 태자의 원한을 풀어주시고, 간신을 참수하여 처참한 형벌로 잔혹하게 죽은 충신과 의로운 선비의 고통을 씻어주소서. 그렇게 하시면 백성들이 우러러 복종하고 문무 대신들이 기뻐하여 조정의 기강이 바로 서고 궁궐이 깨끗이 정리될 것입니다. 그리되면 신은 비록 죽는다 하더라도 살아 있는 것과 다름이 없을 것입니다.

신은 주청을 드림에 임하여 황송한 마음을 가눌 길이 없습니다! 삼가 소장을 엮어 아뢰옵니다.

천자는 대노하여 소장을 갈기갈기 찢어버리고 시어관에게 명했다.

"당장 저 늙은 것을 궐문 밖으로 끌고 가서 쇠몽둥이로 쳐죽여라!"

양쪽의 시어관이 앞으로 나가려 하자 상용이 전각 앞에서 일어나 크게 외쳤다.

"누가 감히 나를 잡아간단 말이냐! 나는 바로 3대를 모셔온 충신이며 어린 천자를 맡아 기른 대신이노라!"

상용은 손으로 천자를 가리키며 큰소리로 꾸짖었다.

"어리석은 임금 같으니! 그대는 마음이 주색에 홀려 국정을 문란케 했도다. 선천자께서 근검하고 덕을 수양하여 밝은 천명을 받으신 것은 생각지 않고, 지금 하늘을 공경치 않으며 선대의 종묘사직을 내팽개치면서 악을 행하는 데는 두려움이 없도다. 머지않아 몸이 시해당하고 나라가 망하여 선천자를 욕되게 할 것이로다."

노대신 상영의 떨리는 목소리가 대전을 울렸다.

"또한 황후는 원비元妃이자 천하의 국모로서 일찍이 덕을 잃은 적이 없는데도 달기와 어울려 처참한 형벌로 잔인하게 죽였으니 큰 기강을 이미 잃고 말았으며, 무고한 전하를 참언만 믿고 살육하려 하다가 지금 바람이 불어 종적도 없이 실어가 버렸으니 부자간의 윤리가 끊어지고 말았으며, 간언하는 충신을 살해하고 어진 신하를 포락의 형벌로 죽였으니 임금된 도리가 완전히 어긋나고 말았도다. 화란이 장차 일어나고 재앙이 자주 나타나는 게 눈에 보이니, 머지않아 종묘는 폐허가 되고 사직은 그 주인이 바뀔 것이다. 안타깝게도 선천자들께서 뼈를 깎고 마음을 다 쏟아 물려주신 자손만대의 기틀과 철벽처럼 탄탄한 금수강산이 그대 같은 어리석은 임금에 의해 깨끗이 박살나고 말았도다! 그대가 죽어 구천에 가면 장차 무슨 면목으로 그대의 선천자를 볼 것이더냐!"

천자가 어탁을 치며 호통쳤다.

"빨리 저 늙은이를 끌고 가서 머리를 박살내지 못하겠느냐!"

상용이 좌우에 크게 외쳤다.

"나는 죽는 것이 두렵지 않도다! 다만 제을帝乙 선천자께 고하오니 노신이 오늘 사직을 짊어지고 있으면서도 임금을 바로잡지 못했으니 진실로 선천자를 뵙기가 부끄러울 뿐입니다! 이 어리석은 임금아! 천하가 하루아침에 다른 사람에게 넘어가고 말 것이니라!"

상용은 말을 마치고 뒤를 한번 돌아보더니 그대로 용무늬 돌기둥에 머리를 들이받았다. 가련한 75세의 노신이 오늘 목숨을 내던지니 허연 골수가 터져 흘러나오고 붉은 피가 옷깃을 적셨다. 차마 눈을 뜨고 바로 볼 수 없는 광경이었다. 여러 신하들은 벌벌 떨며 서로의 얼굴만 쳐다보고 있었다.

천자는 아직도 노기가 가시지 않아 시어관에게 다그쳐 분부했다.

"저 늙은 것의 시체를 도성 밖에 내다버리고 매장하지도 말라!"

시어관들이 상용의 시체를 들고 도성 밖으로 나갔다.

姬伯燕山收雷震

희백이 연산에서
노진을 거두다

백관들은 상용이 머리를 부딪쳐 죽는 모습을 보았으나 천자의 대노가 있으니 모두들 말을 꺼내지도 못했다. 그때 대부 조계趙啓는 백발이 성성한 상용이 비명에 죽은 것을 보았는데 또한 시체를 내다버리라 하자 더 이상 참지 못한 채 눈을 치켜뜨고 출반하여 크게 소리쳤다.

"신 조계는 감히 선천자를 저버릴 수가 없는지라 오늘 대전 앞에서 죽음으로써 보국하여 상용과 함께 지하에서 노닐겠노라!"

그리고 계속하여 천자를 가리키며 꾸짖었다.

"무도하고 어리석은 임금이로다! 재상을 목숨 끊게 하고 충신을 물리쳐 제후들의 신망을 잃었으며, 달기를 총애하고 간신의 참언을 믿어 사직이 황폐해졌다. 내가 또한 어리석은 임금의 죄악을 세어볼 것이니, 모함당한 황후를 잔인하게 죽이고 달기를 정궁으로 세우려 했으며, 태자를 쫓아가 죽이려다 종적도 없이 사라지게 했으며, 나라에 근본이 없게 되어 머지않아 황폐하게 되었다. 어리석은 임금아, 어리석은 임금아! 그대는 부끄러움도 모르느냐? 어리석은 임금아! 죽더라도 남은 부끄러움이 있을 것이로다!"

천자가 대노하여 어탁을 치면서 이를 갈고 소리쳤다.

"이놈이 어디라고 감히 군주를 모욕하느냐!"

곧장 어지를 내렸다.

"이 역적을 속히 끌고 가서 포락의 형벌에 처하렷다!"

"나는 죽더라도 아까울 게 없다. 다만 인간세상에 충효의 명예를 남길 것이니, 그대 같은 어리석은 임금이 강산을 잃고 만세에 오명을 남기는 것과 어떻게 같을 수 있겠는가!"

천자는 노기가 충천했다. 좌우에서 포락의 형구를 벌겋게 달군 뒤 대부 조계의 관복을 벗기고 몸을 구리줄로 묶어 지지니 피부와 살이 녹아내리고 뼈는 연기가 되어 날아갔다. 구간전에는 사람의 살타는 냄새와 연기가 자욱했다.

백관들은 입을 다문 채 속으로 눈물을 뿌렸다. 천자는 그제야 마음이 누그러진 듯 궁으로 돌아가자고 지시했다.

천자가 궁으로 돌아오자 달기가 맞았다. 천자는 달기의 손을 이끌고 가서 함께 의자에 앉아 말했다.

"오늘 상용은 기둥에 부딪혀 죽고 조계는 태워 죽였는데, 짐은 이 두 놈들에게 견딜 수 없는 치욕을 당했네. 이러한 처참한 형벌에도 불구하고 백관들이 모두 두려워하질 않으니 필경 기발한 방법을 다시 생각하여 이런 고집불통들을 다스려야 할 것이야."

달기가 대답했다.

"첩이 다시 한번 생각해 보겠나이다."

"미인의 대위大位가 이미 정해졌으니 조정 안의 백관들도 감히 막지는 못할 것이네. 다만 짐이 걱정하는 것은 동백후 강환초가 자기 딸이 죽은 것을 알면 군대를 이끌고 반역하여 제후들을 끌어들여 조가로 쳐들어올 것이야. 문중이 북해에서 아직 돌아오지 않은 형편이니 어찌하면 좋겠는가?"

"첩은 아녀자인지라 소견에 한계가 있으니 바라옵건

대 폐하께서 비중을 급히 불러 상의하신다면 반드시 묘책을 세워 천하를 편안히 할 수 있을 것이오이다."

"미인의 말이 타당하구나."

즉시 어지를 내려 비중을 들라 하자 잠시 뒤 비중이 궁에 이르러 배알했다.

천자가 말했다.

"강 황후가 이미 죽었는지라 강환초가 이를 알고 군대를 거느리고 반란한다면 아무래도 동방이 평안하지 못할까 짐은 걱정하고 있소. 경에게 동방을 태평하게 안정시킬 무슨 묘책이라도 있겠소?"

비중이 무릎 꿇고 아뢰었다.

"황후가 이미 죽었고 전하 또한 잃었으며 상용은 부딪혀 죽고 조계는 태워 죽였으니 문무백관들이 모두 원망의 말을 하고 있습니다. 그들 중에서 은밀히 서찰을 전하여 강환초가 군대를 이끌고 쳐들어온다면 틀림없이 천지가 소용돌이 칠 것입니다. 그러니 폐하께서 먼저 4진에 은밀히 어지를 전하시어 4대 제후를 모두 도성으로 불러들이소서. 그리하여 까닭을 달아 한꺼번에 그들을 효수에 처하도록 명하시면 화근을 뿌리뽑게 될 것입니다. 나머지 8백 진의 제후들은 4대 제후가 죽은 줄을 알면 감히 창궐하지 못할 것이니 천하가 안녕을 누릴 수 있을 것입니다."

천자가 듣고 크게 기뻐했다.

"경이야말로 천지간에 으뜸가는 준재로다. 과연 나라를 안정시킬 묘책이로군. 소 황후의 추천에 어긋남이 없도다."

비중이 기뻐하며 궁에서 물러나왔다.

천자는 즉시 4진에 은밀히 조서를 내려 4진 제후인 강환초·악숭우·희창·숭후호에게 알리도록 했다. 사신으로 임명된 관원이 곧장 서기성을 향해 달렸다. 온 길에 흙바람을 일으키고 길가의 방초芳草를 휩쓸면서 주현을 통과하고 주막과 마을을 지나갔다. 그야말로 아침에는 교외의 길에 오르고 저녁에는 붉은 먼지를 밟는다는 말 그대로였다.

며칠 지나지 않아 서기산 70리를 넘어 도성에 들어갔다. 사신이 성 안 광경을 보니 백성이 많고 물자가 풍부했다. 안정된 시정市井에서 사고파는 사람들이 온화하고 기쁜 얼굴을 하고 있었으며, 왕래하는 행인들도 겸손하고 예의가 있었다. 이를 본 사신이 감탄했다.

"희백이 어질고 덕스럽다 하더니 과연 도성풍경이 평화로워 진실로 요순시절이로다."

사신은 금정관역金庭館驛에서 하루를 묵었다.

다음날 서백후 희창이 대전에서 조회를 열고 문무대신과 모여 치국안민의 도리를 강론하고 있었는데 단문관이 천자의 조서가 당도했다고 보고했다. 단문관端門官은 궁궐 정문을 지키는 관리이다.

　희백은 문무대신을 거느리고서 천자의 어지를 받았다. 사신이 대전에 당도하자 희백이 무릎 꿇고 사신의 낭독을 들었다.

　조서로 이르노라. 북해의 오랑캐가 창궐하고 흉악함을 자행하여 백성들이 심히 불안해 하나 문무대신들이 어떻게 해야 할지를 몰라 짐이 심히 근심스럽도다. 안으로는 보필하는 자가 없고 밖으로도 도와주는 자가 없는지라 특별히 4대 제후에게 조정에 오도록 조칙하여 함께 국정을 논함으로써 화란을 평정하고자 하노라. 조서가 도착하는 날로 그대 서백후 희창은 속히 도성으로 달려와 짐의 근심스런 마음을 위로하도록 할 것이며 여정을 지체하여 짐을 기다리게 하지 말도록 하라. 어명을 삼가 공경하라. 이에 특별히 조칙하노라.

　희창은 절을 하고 조서를 받은 뒤에 연회를 베풀어 천자의 사신을 환대했다.
　다음날 금과 은으로 예물을 마련하여 사신을 전송하

면서 희창이 말했다.

"사신은 조가로 먼저 떠나십시오. 희창은 행장을 수습하여 곧 떠나겠소."

천자의 사신이 희창에게 작별인사를 올리고 떠났다.

한편 희창은 단명전端明殿에 앉아 상대부 산의생에게 말했다.

"내가 이번에 떠나면 내사內事 곧 궁내 일은 대부에게 맡기고 외사外事 곧 궁밖 일은 남궁괄南宮适과 신갑辛甲 등에게 맡기겠소."

다시 백읍고伯邑考를 들라 하여 분부했다.

"어제 천자의 사신이 나를 부르러 왔기에 주역의 점괘를 뽑아보았더니 이번에 가면 흉사는 많고 길사는 적을 것 같다. 비록 목숨을 잃지는 않겠지만 틀림없이 7년간의 큰 어려움이 있을 것이다. 너는 서기에 있으면서 모름지기 법도를 지켜 함부로 국정을 바꾸지 말고 오로지 옛 법규를 따르도록 하여라. 또한 형제끼리 화목하고 군신이 서로 안녕을 도모할 것이며 자신의 사사로움을 취하거나 일신의 기호를 좇지 말라. 모든 일을 행할 때는 모름지기 심사숙고하라. 나는 7년간의 온갖 재난을 겪고 난 뒤에 스스로 영광스럽게 돌아올 것이니 너는 절대로 사람을 보내 나를 영접하러 오지 말라. 간곡히 부탁하노니 결코 잊어서는 안될 것이니라!"

백읍고가 이러한 부친의 말씀을 듣고서 무릎 꿇고 말했다.

"부왕께서 7년의 어려움을 겪으실 것이라면 자식이 마땅히 대신 가야 하는 것이니 부왕께서 친히 가실 필요가 없을 줄로 생각됩니다."

희창이 말했다.

"내 아들아! 내 어찌 어려움을 보고서 회피할 줄을 모르겠느냐? 그러나 하늘의 운수가 이미 정해져 있는지라 결단코 피하여 스스로 일을 번거롭게 할 수가 없느니라. 너희들은 온 마음을 기울여 아비가 부탁한 말들을 지켜라. 그것이 바로 크게 효도하는 일이니 어찌 너희들이 대신할 필요가 있겠느냐?"

희창은 후궁으로 가서 모친 태강太姜을 뵙고 인사를 올렸다. 태강이 말했다.

"내 아들아! 네가 온 뜻을 알겠노라. 어미가 너를 위해 미리 천수天數를 뽑았더니 7년간의 재난이 있더구나."

희창이 무릎 꿇고 답했다.

"오늘 천자의 조서가 당도했을 때 저도 천수를 뽑아보니 상서롭지 못한 7년간의 허물이 있었습니다. 하지만 목숨을 잃지는 않을 것입니다. 방금 전에 내사와 외사를 모두 문무대신들에게 부탁했으며 국정은 아들에게 맡겼습니다. 제가 특별히 궁에 들어와 모친께 작별을 고하는 것은 이 처결들을 말씀드리려는 때문입니다."

"내 아들아! 이번에 떠나면 모든 일을 잘 헤아려 하고 성급하지 말라."

"삼가 어머님의 가르침을 따르겠습니다."

희창은 이어 내궁에서 원비 태희太姬와도 작별을 했다. 서백후에게는 네 쌍둥이가 있었으며 24명의 비빈에게서 99명의 아들을 낳았는데, 장남은 백읍고이고 차남은 나중에 천자가 된 무왕 희발姬發이었다.

또한 주周나라에는 3모母가 있었는데 바로 희창의 어머니 태강과 희창의 원비 태희와 무왕의 원비 태임太姙이다. 이들은 모두 크게 어질고 성스러운 어머니들이었다.

희창은 다음날 여장을 꾸려 조가로 떠났다. 행색이 분주했으며 종자 50명만 거느리고 갔다. 온 조정의 문무대신, 즉 상대부 산의생과 대장군 남궁괄을 비롯하여 모공 수毛公遂·주공 단周公旦·소공 석召公奭·필공畢公·영공榮公·신갑·신면辛免·태전太顚·굉요閎夭 등 4현賢8준俊이 세자 백읍고와 희발과 함께 십리장정十里長亭에서 송별연을 마련했다.

희창이 말했다.

"오늘 여러 경들과 이별을 하지만 7년 뒤에 군신이 다시 만날 것이오."

희창은 이어서 백읍고의 등을 두드리면서 말했다.

"내 아들아! 너희 형제가 화목하고 잘 지내면 나 역시 걱정이 없을 것이니라."

몇 잔 술을 마시고 나서 희창이 말에 오르자 부자와 군신이 눈물을 흘리면서 작별했다. 서백은 그날 하루 만에 70여 리를 달려 기산을 넘었으며 밤에 쉬고 새벽에 일찍 떠나 줄곧 달린 것이 또 며칠인지 몰랐다.

이리하여 연산에 이르렀을 때 희백이 말을 달리다가 지시했다.

"여봐라! 앞쪽에 비를 피할 만한 마을이나 숲이 있는지 잘 살펴라. 잠시 뒤에 틀림없이 큰비가 쏟아질 것이니라."

수행인들이 이상하게 생각했다.

'맑은 하늘에 구름 한 점이 없으며 붉은 태양이 햇볕을 내리쬐고 있는데 어디에서 비가 온단 말인가?'

생각이 여기에 미치기도 전에 안개와 구름이 자욱이 피어올랐다. 희창은 말을 몰면서 속히 숲으로 들어가 비를 피하라고 외쳤다. 사람들은 그제야 희창의 혜안에 탄복하며 숲을 찾아들었다. 마치 항아리의 물을 쏟아붓는 듯한 큰비로 반시각 가량이나 억수같이 쏟아졌다.

희창이 관원들에게 분부했다.

"자세히 살펴보아라. 번개가 칠 것이니라."

수행한 여러 사람들이 소리쳤다.

"번개가 칠 것이니 살피랍시는 주공의 분부시다!"

말을 마치기도 전에 화악華岳의 높은 산이 무너지는 듯한 뇌성벽력이 한 차례 울려 대지와 산하를 진동시켰다. 사람들은 대경실색하여 모두들 한곳에 꼼짝 않고 붙어 있었다.

잠시 뒤 구름이 걷히고 비가 멈췄다. 해가 다시 하늘에 모습을 드러내자 관원들은 비로소 숲에서 나왔다. 희창은 온몸이 비에 흠뻑 젖은 채로 탄성을 질렀다.

"번갯불이 지난 곳에 장성將星이 출현했도다. 여봐라! 빨리 가서 장성을 찾아오도록 하라!"

사람들은 이 말을 듣고 웃음을 참지 못한 채 말했다.

"장성이 누구야? 어디로 가서 찾는단 말이야?"

그러나 감히 명을 어길 수 없으므로 하는 수 없이 사방으로 흩어져 찾았다. 관원들이 한창 찾고 있을 때 한 옛 무덤가에서 아기 울음소리 같은 게 들렸다. 모두들 다가가서 보니 과연 한 어린아이가 있었다.

사람들이 말했다.

"이런 옛 무덤에 어떻게 어린아이가 있단 말인가? 정말 이상한 일이야. 혹시 이 아이가 장성이 아닐까? 이 갓난아이를 군후께 바치는 게 어떻겠소?"

사람들이 그 아이를 안고 와서 희백에게 바쳤다. 희백이 그 아이를 보니 얼굴은 복숭아 꽃잎처럼 붉고 눈에서는 번개와 같은 광채가 있었다.

희창이 크게 기뻐하면서 생각했다.

'나에게는 백 명의 아들이 있어야 하는데 지금 99명밖에 없으니 이 아이를 얻어 그 수를 채우라는 뜻이리라. 백 명의 아들을 이루게 하는 길조로다!'

다시 좌우에게 명했다.

"이 아이를 앞마을에 보내 그곳 촌장에게 잘 기르도록 하라. 내가 7년 뒤에 돌아오면서 그 아이를 데리고 서기로 갈 것이니라. 먼 훗날 이 아이는 많은 복을 누릴 것이니 한 치도 소홀함이 없게 하라."

사람들이 희창의 말을 따랐다.

희창은 다시 말을 몰아 산을 오르고 고개를 넘어 연산을 지났다. 한창 앞을 향해 가는데 한 도인을 만나게 되었다. 그 도인은 빼어난 자태를 지녔는데 생김새가 매우 특이하여 도가의 풍모가 물씬 풍겼다. 긴 소매에 넓은 도포를 입은 그 도인은 세상을 초탈한 모습이었다. 그는 희창의 말 앞에 와서 머리를 조아리고 말했다.

"군후! 빈도가 인사 여쭙니다."

희창은 황망히 말에서 내려 답례하고 말했다.

"소생 희창이 실례를 범했습니다. 도인께서는 무슨 일로 여기까지 오셨습니까? 어느 명산, 무슨 동굴에 계시는지요. 오늘 소생을 만나 무슨 깨우침을 주시렵니까? 기쁜 마음으로 자세한 말씀을 듣고자 합니다."

그 도인이 대답했다.

"빈도는 종남산 옥주동에 사는 연기도사煉氣道士 운중자雲中子입니다. 조금 전 비가 오고 번개가 치더니 장성이 출현했는지라 천 리를 마다 않고 장성을 찾으러 왔습니다. 지금 존안을 뵈오니 빈도는 기쁘기만 합니다."

희창이 듣고 나서 좌우에 명하여 그 아이를 도인에게 데려다 보이게 했다. 도인이 받아들고서 말했다.

"장성아! 네가 비로소 나타났구나!"

이어서 운중자가 희창에게 말했다.

"현후賢侯시여! 빈도가 지금 이 아이를 종남산으로 데려가서 제자로 삼았다가 현후께서 돌아오시는 날 다시 바치려 하는데 의향이 어떠하신지요?"

희창이 말했다.

"도인께서 데려가 준다면야 더욱 좋은 일이겠으나 훗날 다시 만날 때 어떤 이름으로 증명하시겠습니까?"

"번개가 친 뒤에 몸을 드러냈으니 훗날 만날 때 '뇌진雷震'이라 이름 부르면 될 것입니다."

"소생은 가르침대로 따르겠습니다."

운중자는 뇌진을 안고 종남산으로 돌아갔다.

도인과 헤어진 희창은 말없이 줄곧 달려 5관 면지현澠池縣을 지나고 황하를 건넜다. 이어서 맹진孟津을 지나 조가에 입성하여 금정관역에 당도했다.

관역에는 동백후 강환초, 남백후 악숭우, 북백후 숭후호 등 3진의 제후가 먼저 도착해 있었다. 세 제후는 관역에서 주연을 벌이고 있다가 희백후가 도착했다는 보고를 듣고 모두들 나와 영접했다.

강환초가 말했다.

"희 현백姬賢伯! 어찌하여 늦으셨소?"

"길이 멀고 말이 지쳐 늦게 당도했으니 용서바랍니다."

네 사람이 서로 인사를 마치고 자리 하나를 더 마련하여 서로 술잔을 건네면서 즐겼다. 술잔이 몇 차례 돌자 희창이 물었다.

"세 분 현백! 천자께 무슨 긴급한 일이 있으시기에 우리 네 신하를 여기에 오라 이르셨을까요? 내가 생각건대 큰일이 벌어지면 천자의 동량으로서 나라 다스림에 방도를 지닌 무성왕 황비호가 있습니다. 또한 모든 일을 조화롭게 처리하여 백성을 다스리는 데 법도를 지닌 아상 비간이 있어 문제가 없을 터인데, 무슨 연유로 우리들을 부르셨는지요?"

네 사람이 술에 흥건히 취했을 때, 남백후 악숭우가 우연히 지난 일이 떠올라 말했다. 그는 숭후호가 뇌물을 써서 비중·우혼尤渾과 결탁하여 폐하의 총명을 미혹시키고, 나라와 백성을 위하기는커녕 뇌물을 받아 사리사욕만 채우고 있다는 것을 알고 있었던 것이다.

"강 현백! 희 현백! 소생이 숭 현백께 한 마디 말씀을 드릴까 합니다."

숭후호가 웃으면서 대답했다.

"악 현백께서 어떤 일을 가르쳐 주시렵니까?"

악숭우가 말했다.

"천하제후의 우두머리는 바로 우리 네 사람입니다. 그런데 듣자 하니 숭 현백께서는 여러 가지 과오를 자초하여 대신으로서의 체모를 떨어트렸으며, 백성들을 억압하여 욕심만 채우면서 오로지 비중·우혼 같은 간신배와 왕래한다 합디다."

악숭우의 입은 거칠어져 갔다.

"또한 적성루 축조를 감독할 때에도 듣자니 장정들을 징발하면서 돈 있는 자는 뇌물을 바쳐 한가로이 집에 있고 가난한 자는 고된 노역에 시달렸다 합니다. 현백은 사사로운 재물을 탐하느라 만백성을 고통으로 죽게 하고 살육을 멋대로 자행하기를 여우가 호랑이의 위세를 빌린 것처럼 했습니다. 행동은 승냥이처럼 사납고 마음은 굶주린 호랑이처럼 포악하여 조가성朝歌城 안의 병사와 백성들이 감히 똑바로 쳐다보지도 못했다 합니다. 그러니 천 사람이 이를 갈고 만 사람이 원한을 품었던 것이겠지요. 숭 현백! 늘 하는 말에도 '화는 악에서 만들어지고 복은 덕에서 생겨난다'고 했으니, 이제부터라도 스스로를 다스려 절대로 그런 일이 없도록 하시지요."

숭후호는 말을 듣더니 두 눈에 가득 불꽃이 일고 입안에서 연기를 내뿜으며 크게 소리쳤다.

"악숭우! 그대가 어찌 이런 망령된 말을 지껄이는가! 나와 그대는 모두 똑같은 나라의 버팀목인데 그대가 항차 무엇이기에 좌중에서 이렇게 나를 능멸하는가? 그대는 뭐가 그리 잘났기에 감히 면전에서 터무니없는 말로 나를 모욕하느냔 말일세!"

이를 보고 희창이 숭후호를 가리키며 말했다.

"숭 현백! 악 현백이 당신에게 권한 것은 모두 좋은

말들인데 어찌하여 이렇게 화만 내시오. 설마 우리들 모두가 함께하고 있는 이 자리에서 악 현백을 어찌해 볼 요량인 것이오? 대저 악 현백이 한 말은 또한 공을 아끼는 마음에서 한 충고에 불과하오. 만약에 정말로 그런 일이 있다면 깊이 뉘우치고 잘못을 고치면 될 것이고, 만약에 그런 일이 없다면 더욱 열심히 노력하면 되지 않겠소. 악 현백의 말은 우리 모두에게 구구절절이 옳은 금석과도 같은 말이오. 지금 현백은 스스로를 질책할 줄은 모르고 도리어 직언을 비난하니 이는 결례가 아닐는지요."

숭후호는 희창의 말을 듣고 감히 어쩌지 못했다. 숭후호가 잠시 방비하지 않고 있던 틈에 악숭우가 갑자기 호리병을 내리쳐 숭후호의 얼굴을 갈겼다. 숭후호가 몸을 날려 악숭우를 움켜잡았으나 다시 강환초가 가로막고서 소리쳤다.

"일국의 대신들이 이런 무지몽매한 초동樵童들의 처신을 하다니 체면이란 것이 뭐요. 숭 현백! 밤이 깊었으니 가서 주무시오."

숭후호는 치미는 화를 억누르고 그 길로 관사로 돌아갔다. 숭후호가 돌아가자 세 제후는 잠시 뒤 주위를 정돈하게 하고 자리에 앉았다. 장차 2경이 될 즈음 안에서 한 역졸이 과음하는 세 대신을 보고 고개를 저으면서 탄식했다.

"군후여, 군후여! 당신들은 이 밤은 잔을 돌리며 즐기지만 내일이면 붉은 피가 시정을 물들일 것이오!"

고요한 깊은 밤이었으므로 사람의 목소리가 더욱 분명하게 들렸다. 희창이 그곳을 향하여 물었다.

"누가 말을 했느냐? 당장 나오너라."

좌우에서 술시중을 들던 사람들이 모두 앞으로 나와 나란히 무릎을 꿇고 엎드렸다. 희백이 다시 물었다.

"방금 전에 누가 '이 밤은 잔 돌리며 즐기지만 내일이면 붉은 피가 시정을 물들일 것이오'라고 말했느냐?"

모두들 대답했다.

"그런 말을 한 적이 없습니다."

강환초와 악숭우도 역시 듣지 못했다. 그러나 희백은 계속 말했다.

"내 귀로 분명히 들었는데 어찌하여 말하지 않았다고 하느냐?"

즉시 가병장에게 소리쳤다.

"이놈들을 끌고 가서 모두 목을 베도록 하라!"

역졸들이 이 말을 듣자 누가 기꺼이 죽고자 하겠는가! 하는 수없이 말한 사람을 밀어내면서 모두들 일제히 소리쳤다.

"군후 나으리! 소인들이 한 것이 아니오라 바로 시비 요복姚福의 입에서 나온 말입니다."

희백이 그 말을 듣고 목 베는 것을 그만두라고 하자 역졸들이 일어나 나갔다. 희백이 요복을 불러 물었다.

"너는 어찌하여 그런 말을 했느냐? 사실이라면 상을 내릴 것이로되 거짓이라면 벌을 받을 것이니라."

요복이 아뢰었다.

"'시비는 다만 입을 벌려 말하는 데 달렸다'고 합니다만, 군후 나으리! 이 일은 진실로 하늘만이 알 얘기입니다. 소인은 천자를 곁에서 모시는 사신使臣집 하인이기에 안 것이온데, 황후께서 서궁에서 억울하게 돌아가시고 두 전하께서 큰 바람에 실려가 버린 뒤 중신들과 백성들의 환란을 천자는 두려워했던 모양입니다. 이에 천자께서 달기 마마의 조언을 따라 비중으로 하여금 일을 꾸미게 했답니다. 비중의 조언대로 천자께서는 은밀히 조서를 내려 네 분 군후들을 불러들이라 명했답니다. 분명히 내일 아침조회 때가 되면 꼬투리를 잡아 불문곡직하고 한꺼번에 참수할 것이랍니다. 소인이 오늘 밤 그만 참지 못하여 저도 모르게 엿들은 이 말을 하고 말았습니다."

강환초가 듣고 나서 황급히 물었다.

"강 마마가 무엇 때문에 서궁에서 억울하게 돌아가셨느냐?"

요복은 이미 말을 꺼낸 이상 멈출 수가 없었으므로 자초지종을 말했다. 강환초는 가슴이 터질 듯한 슬픔에 젖었다. 강 황후는 바로 강환초의 딸인데 딸이 죽었다니 그 마음이 얼마나 비통했겠는가! 강환초는 몸을 칼로 저미는 듯하고 마음을 기름으로 볶는 듯하여 괴이한 비명을 지르더니 고꾸라지듯 땅바닥에 쓰러지고 말았다.

희창이 얼른 사람을 시켜 부축해 일으켜 세웠다. 강환초는 방망이질하듯 가슴을 치며 통곡했다.

"내 딸의 눈이 도려내지고 두 손이 불태워졌다니 어떻게 이런 일이 있을 수 있단 말인가!"

희백이 위로하여 말했다.

"황후께서는 억울한 누명을 썼고 전하는 종적도 없이 사라졌다 하니 오로지 애통할 뿐이오. 그러나 사람이란 죽으면 다시 살아날 수가 없지 않소. 오늘밤에라도 당장 우리들이 각각 상주문을 갖추어 내일 임금을 뵙고서 진력을 다해 간한다면 반드시 흑백을 가려 인륜을 바로잡을 수 있을 것이오."

강환초가 울면서 말했다.

"강씨일족의 불행인데 어찌 감히 수고스럽게 여러

현백께서 진언하게 할 수 있겠소. 나 강환초, 혼자 임금을 뵙고서 억울한 누명을 밝히겠소."

희창이 말했다.

"그렇다면 강 현백께서는 따로 소장을 올리시오. 우리 세 사람도 각기 소장을 갖추겠소."

강환초는 비 오듯이 눈물을 흘리며 밤새 상주문을 지었다.

한편 간신 비중은 네 대신이 관역에 머물고 있음을 알고 은밀히 편전으로 가서 천자를 뵙고 4진 제후가 모두 모였다고 아뢰었다. 천자가 크게 기뻐하자 비중이 계속 아뢰었다.

"내일 대전에 오르시면 네 제후가 틀림없이 상주문을 올려 간언할 것입니다. 신이 폐하께 아뢰오니 내일 네 제후가 상주문을 올리더라도 폐하께서는 그 상주문들을 보실 필요도 없이 불문곡직하고 궐문으로 끌고 가 효수하라고 어지를 내리소서. 그것만이 상책입니다."

"경의 말이 심히 훌륭하오."

비중이 천자에게 인사를 올리고 집으로 돌아왔는데 이미 날이 새고 있었다.

이 아침에 천자가 조회를 열고 대전에 오르자 문무

백관이 모두 모였다. 이윽고 네 후백이 명을 듣고 곧장 대전 앞에 이르렀다. 동백후 강환초 등이 상아홀을 높이 들고 알현의 예를 마쳤다. 강환초가 상주문을 바치자 아상 비간이 받았다.

"강환초! 네 죄를 네가 알렷다!"

천자가 말하자 강환초가 어리둥절하다는 듯 아뢰었다.

"신은 동로東魯변방을 엄하게 다스려 방비하고 공정한 법도를 받들어 지키면서 스스로 신하로서의 충절을 다했사온데 무슨 죄를 지었다 하십니까? 폐하께서는 지금 참언을 듣고 여색을 총애하여 원비를 돌아보지 않고 처참한 형벌의 고통을 가했으며 자식을 죽여 윤리를 폐함으로써 스스로 종사를 끊으셨다 합니다. 또한 요사스런 후궁이 음모를 꾸며 행한 투기를 믿었으며 간신의 말을 듣고 충신을 포락의 형벌로 죽였다 합니다. 신은 이미 선천자의 두터운 은혜를 받았으므로 지금 폐하의 존안을 뵙고서 극형도 마다하지 않은 채 감히 직언을 아뢰오니, 진실로 임금께서 미천한 신을 저버린 것이지 신이 임금을 저버린 것이 아닌 줄을 아시옵소서. 간절히 바라옵건대 부디 가엾게 여겨 억울한 누명을 밝혀주신다면 산 자도 행복할 것이며 죽은 자도 행복할 것입니다."

천자가 대노하여 꾸짖었다.

"이런 역적놈을 봤나! 딸에게 임금을 시해하게 하여 제위를 찬탈할 마음을 먹었으므로 죄악이 산처럼 큰데 지금 도리어 말을 꾸며 강변함으로써 법망에서 빠져나가려 하는구나."

이어 무사들에게 명했다.

"이놈을 궐문으로 끌고 가서 혜시형에 처하여 국법을 바로잡으라."

혜시형醢尸刑은 사람의 살을 포 뜨고 소금에 절여 죽이는 형벌이다.

쇠몽둥이를 든 무사가 강환초의 관복을 벗기고 구리줄로 꽁꽁 묶었다. 강환초는 계속 입을 열어 욕설을 퍼부었으나 결국 궐문으로 끌려나갔다. 이를 본 서백후 희창과 남백후 악숭우와 북백후 숭후호가 출반하여 아뢰었다.

"폐하! 신들이 상주문을 갖추어 올리나이다. 강환초는 진심을 다하여 사직을 굳건히 했을 뿐이지 결코 찬탈을 음모한 일이 없는 것으로 짐작되오니 통촉하소서!"

천자는 안심하고 4진의 제후를 죽일 수 있게 되었으므로 희창 등의 상주문을 어탁 위에 놓았다.

봉신연의 2권

11 유리성에 서백후를 가두다
12 진당관에서 나타가 세상에 나오다
13 태을진인이 석기낭랑을 잡아들이다
14 나타가 연꽃의 화신으로 현현하다
15 곤륜산의 강자아가 하산하다
16 강자아가 비파정을 불태우다
17 무도한 천자가 채분 형벌을 만들다
18 강자아가 군주에게 간언하고 반계에 숨다
19 백읍고가 공물을 바치고 부왕의 죄를 대속하다
20 은밀히 뇌물을 산의생이 비중·우혼에게 쓰다
21 문왕이 벼슬을 자랑하다가 다섯 관문을 벗어나다
22 서백후 문왕이 아들을 토해내다

봉신연의 3권

23 문왕이 밤에 비웅의 조짐을 꿈꾸다
24 위수에서 문왕이 강자아를 찾아가다
25 소달기가 천자의 연회에 요괴들을 초대하다
26 달기가 계략을 세워 비간을 해치다
27 문 태사가 회군하여 열 가지 대책을 진언하다
28 강자아가 군대를 일으켜 숭후호를 치다
29 숭후호를 참수하고 문왕은 후사를 부탁하다
30 주기가 무성왕에게 반역하라고 부추기다
31 문 태사가 군사를 몰아 황비호를 추격하다
32 황천화가 동관에서 부친을 만나다
33 황비호가 수에서 크게 싸우다

34 황비호가 주나라에 귀순하여 강자아를 만나다
35 조전이 서기의 일을 정탐하다
36 장계방이 조칙을 받들어 서쪽 정벌에 나서다

봉신연의 4권

37 강자아가 곤륜산에 오르다
38 4성이 서기에서 강자아를 만나다
39 강자아가 기산을 열다
40 사천왕이 병령공을 만나다
41 문 태사가 서기정벌에 나서다
42 황화산에서 등·신·장·도 네 장수를 거두다
43 문 태사가 서기에서 크게 싸우다
44 자아의 혼이 곤륜산을 노닐다
45 연등도인이 십절진 격파를 논의하다
46 광성자가 금광진을 격파하다
47 조공명이 문 태사를 보좌하다
48 육압도인이 계책을 바쳐 조공명을 쏘다

봉신연의 5권

49 무왕이 실수로 홍사진에 빠지다
50 세 낭랑이 계책을 세워 황하진을 설치하다
51 자아가 군영을 습격하여 문중을 격파하다
52 절룡령에서 문중이 하늘로 돌아가다
53 칙명을 받들어 등구공이 서기정벌에 나서다
54 토행손이 공을 세워 빛을 드러내다
55 토행손이 서기로 귀순하다

56 자아가 계책을 세워 등구공을 거두다
57 기주후 소호가 서기정벌에 나서다
58 자아가 서기에서 여악을 만나다
59 은홍이 산을 내려와 네 장수를 거두다

봉신연의 6권

60 마원이 하산하여 은홍을 돕다
61 태극도에서 은홍이 절명하다
62 장산과 이금이 서기정벌에 나서다
63 신공표가 은교의 배반을 설득하다
64 나선이 서기성을 불태우다
65 은교가 기산에서 쟁기와 호미의 액을 당하다
66 홍금이 서기성에서 크게 싸우다
67 자아가 금대에서 장수에 임명되다
68 수양산에서 백이·숙제가 주나라 군대를 막아서다
69 공선의 병마가 금계령을 막아서다
70 준제도인이 공선을 거두다

봉신연의 7권

71 자아가 세 길로 군대를 나누다
72 광성자가 벽유궁을 세 번 찾아가다
73 청룡관에서 황비호의 군대가 저지당하다
74 형·합 두 장수가 신통력을 드러내다
75 토행손이 오운타를 훔치려다 함정에 빠지다
76 정륜이 적장을 붙잡고 사수관을 취하다
77 노자가 일기를 삼청으로 변화시키다

78 삼교가 모여서 주선진을 격파하다
79 천운관의 네 장수가 사로잡히다
80 양임이 하산하여 온황진을 격파하다

봉신연의 8권

81 자아가 동관에서 두창신을 만나다
82 삼교가 만선진에 크게 모이다
83 세 대사가 사자·코끼리·들개를 거두다
84 자아의 병사가 임동관을 취하다
85 등곤·예길 두 군후가 주나라 군주에게 귀순하다
86 면지현에서 오악이 하늘로 돌아가다
87 토행손 부부가 진에서 죽다
88 무왕의 용주에 백어가 뛰어오르다
89 천자가 백성의 뼈를 잘라내고 임신부의 배를 가르다
90 자아가 신도와 울루 두 귀신을 잡다

봉신연의 9권

91 반룡령에서 오문화를 불태우다
92 양전과 나타가 매산칠괴를 잡아들이다
93 금타가 지략으로 유혼관을 취하다
94 노한 강문환이 은파패를 참하다
95 자아가 천자의 10대 죄악을 폭로하다
96 자아가 첩지를 내려 달기를 사로잡다
97 적성루에서 천자가 분신자살하다
98 주무왕이 녹대에서 재물을 나눠주다
99 자아가 귀국하여 봉신하다
100 무왕이 열국의 제후를 봉하다